AIJUN BIDI YOU
YANXIA 有

纳兰泽芸 / 著

爱君笔底
烟霞

时代出版传媒股份有限公司
安徽文艺出版社

图书在版编目（ＣＩＰ）数据

爱君笔底有烟霞/纳兰泽芸著. —合肥：安徽文艺出版社,2016.8
（2022.7重印）

ISBN 978-7-5396-5773-8

Ⅰ. ①爱… Ⅱ. ①纳… Ⅲ. ①散文集－中国－当代

Ⅳ. ①I267

中国版本图书馆 CIP 数据核字(2016)第 124283 号

出 版 人：姚　巍

责任编辑：李　芳　　　　　　装帧设计：徐　睿

....

出版发行：安徽文艺出版社　　www.awpub.com

地　　址：合肥市翡翠路 1118 号　　邮政编码：230071

营 销 部：(0551)63533889

印　　制：山东百润本色印刷有限公司　　(0635)3962683

....

开本：880×1230　1/32　印张：8.75　字数：180 千字

版次：2016 年 8 月第 1 版

印次：2022 年 7 月第 2 次印刷

定价：49.80 元

....

目 录

谈
情

见面，是越来越少的告别

假期过去，回到上海，我又投入忙碌的烟尘里。

早上送好芮芮上学，我给远在北方的婆婆打了个电话，告诉她晚上睡觉前别忘了泡一两勺酸枣仁粉喝。婆婆年纪渐渐上去，有高血压，加上心思缜密，经常性地睡眠不太好。听一个懂中医的同事说喝酸枣仁粉管用，这次回老家前，我就给婆婆带了几包酸枣仁粉。

当晚婆婆就喝了，也不知是心理作用还是什么原因，反正婆婆说有些作用，能睡得比较安稳。

国庆七天假期，原本我真的什么地方也不想去，到处熙熙攘攘，出去玩，也不知是人看景，还是景看人。

好容易有个安生的假期，我就想安安静静地读几本书，带着孩子们在家门口的公园里搭个帐篷，在草地上放放风筝、踢踢球、做做烧烤野餐，再让孩子们去公园的儿童乐园里转转小飞椅。

所以，假期前什么出远门的东西都没准备。

那天我看一本书，忽然看到一句："日子老了，父母终得离我们而去，一次次见面，不过是人世间越来越少的告别罢了。"

我心里蓦然一凛——啊，是我自私了啊。我自己的老家离上海比较近，父亲、母亲以及其他家人，隔不久就能见上一次面。先生的老家却隔得比较远，父母一年到头难得见上一面。

我假期不想出远门，先生也没有过多勉强我。想来，我真的是自私了。

我立刻打电话跟先生说："假期我们回去看爹娘吧。上次春节带恬宝宝回去的时候，恬宝宝喊爷爷奶奶还不太利索，这回喊得那叫一个溜，爷爷奶奶听了还不高兴坏了？"先生喜出望外地连声说好。

本想开车回去，但小恬恬坐车坐久了就有些晕车，而且高速上车一定比较多，我说还是乘高铁吧，人不累，还比开车快，就是到了那边高铁站得孩子叔叔开车来接一下。

为了避开高峰，假期前一天我们就动身了。

早上出发去虹桥高铁站，晚上六点多我们就踏进了老家院子。

芮芮和恬恬一口一声脆生生地喊着"爷爷、爷爷，奶奶、奶奶"，又上去左亲一口，右亲一口，喜得老人眉开眼笑，合不拢嘴。

看着恬恬一溜小跑的小身影，想起今年春节回去时，她还在学步车里跟跟跄跄地学走路，感慨这大半年的时光在我们自己身上仿佛并未留下什么，但看看孩子，就知道这时光的确是来过。

在时光的抚摸下，一个蹒跚学步的孩子成了一个一溜小跑的孩子，然后，时光它就在我们的无知无觉中，自己悄悄溜走了。

家里正在秋收，满院子里堆了金灿灿的玉米棒子。前几年我们就不让老人再种地了，可是公公却怎么也不听。他说："不种地干什么呢？再说现在也没有种别的累神的庄稼，种的全是棒子。棒子这东西好侍弄，浇几次水，上几次肥，就等着收了，收的时候是用联合收割机，三下五除二棒子就回家了。"

棒子就是玉米。

我见过北方联合收割机收割玉米时的情景，那比人工收割是省力得多。北方的土地广大而平整，收割机将一排排的玉米贴根割断，"吃"进肚里，玉米秸秆被粉碎铺在地里，成了肥料，同时玉米棒子就进了大斗里。

这样一比，北方种田地比南方省力得多。我的家乡是丘陵地带，地势不平，田地是一小块一小块的，且种的庄稼都不一样，在那儿这种大型联合收割机根本没有用武之地，种庄稼基本还靠人拉肩扛，就累人得多。

玉米棒子收回家后被堆进院子里。玉米棒子外面有玉米衣，联合收割机已经去掉了大约一半的玉米衣，还剩不多的玉米衣要人工剥掉。

我们拿着小椅子、小凳子，围坐在高高的玉米棒子堆边，一边说笑，一边剥玉米衣。剥下衣子的玉米棒子，光洁肥胖，一粒粒金黄的玉米粒闪着润泽的光。

运回院子里的玉米棒子要赶紧剥衣清理，腾出地方，否则后续从地里运回来的玉米棒子就没有地方放。所以吃过晚饭后，我们还要在院子里拉亮电灯赶活儿。

北方秋夜的天空，高远，明净，不算很圆的月亮明亮地挂在天穹。

我们围坐在玉米棒子堆旁边，手里不停地剥着。

芮宝干活儿认真得很，像个小大人。恬宝也会干活儿了，小手一边拿着玉米棒子撕下玉米衣，一边嘴里甜甜脆脆地叫一声："奶奶！"奶奶在那边响亮地应答一声："唉！好宝宝！"恬恬又甜脆地叫一声："爷爷！"爷爷在那边响亮地应答一声："唉！好孙女！"

大家边干活儿边聊天儿。孩子爷爷说："现在这日子多好过啊！这种地，一粒粮食、一分钱不用上交，反过来政府还贴钱，而且现在种地也不累。肚里吃得饱，身上穿得暖，心里舒舒坦坦，多好。想起俺爷爷那会儿，家里人没吃食没钱使，大冬天里半夜赶着骡子车去五十里外的外县买些东西，然后又赶回来在本县集上卖掉赚点零碎钱，累得差点吐血……"

虽然公公是个地地道道的农民，没什么文化，可是我非常敬重这位老爷子。

他是个有点倔，有点认死理儿，但豁达、开朗，遇到再大的事儿也不纠结,挨枕头就着的老头儿。

他常说的一句话是:"多大个事儿嘞,值当呗?"

那是婆婆遇上不顺心的事烦愁时,老爷子常劝慰老伴的一句话。

但遇到正经原则性事儿时,老爷子也较真。老爷子两儿一女,我先生是大儿子,下面有一个弟弟、一个妹妹。弟弟当年读书时,顽皮不好好学,上到初二说什么也不肯再上学了。老爷子说什么也不答应,拿个镢头追着浑小子满村跑,说:"最起码你要把初中毕业证拿到手,好歹也算是个初中毕业生。以后文化这东西肯定能顶大事儿,你一个初中毕业证都没有,以后你浑小子喝西北风去?"

弟弟终于在老爷子的威慑之下读完了初中,拿到了毕业证书。

妹妹读书也还行,后来考了个中专。

大儿子从小读书就比较用功,不用老爷子多操心。大儿子读初中那会儿在学校住校,一星期回家一次,拿干粮、咸菜。那时候的乡村中学,吃住条件都极差。吃的就不用说了,除了窝窝头也没啥别的。住的是大通铺,一间黑乎乎的大屋子,里面住了几十个人,被虼蚤、臭虫咬那是家常便饭。

家里也没什么吃的,但老爷子就说了,把家里最好的白面馍馍都给大小子带上,孩子正长身体,念书用功又费脑筋,营养不跟上那可不行。其他人就吃高粱面窝窝头。

大儿子也感念于亲人对自己的支持,学习发奋刻苦,成绩一直名列前茅,终于成了那一年村里唯一一名大学生,走出了祖辈居住的小村,大学毕业后被分配到上海工作。

先生直到现在还经常说,如果不是家里人勒紧腰带供自己营养,供自己上学,自己也不可能长到一米八的个头,也不可能有后来的考上大学。

老爷子的那句"多大个事儿嘞,值当呗?"我记在了心里。虽然这句话出自一位不识几个大字的农民之口,但是我觉得真的很对,这是遭遇磨折时,一种举重若轻的豁达人生态度。

在我遇到不顺心或不开心的事儿时,我就告诉自己:"多大个事儿嘞,值当呗?"然后静下心来,发现,自己为这点鸡毛蒜皮的事伤心劳神,果然不值当。

我记得林肯曾说过一句话,他说:"如果你的世界沉闷而无望,那是因为你自己沉闷无望。改变你的世界,必先改变你的心态。"

我竟然发现,农民公公的那句"多大个事儿嘞,值当呗?"与林肯的这句话有异曲同工之妙呢!

溶溶月光之下,一家人坐在玉米棒子堆前,手里忙着活儿,漫无边际地絮叨着生活与工作。

晏殊说:"梨花院落溶溶月,柳絮池塘淡淡风。"虽然这里没有梨花、柳絮、池塘,但溶溶的月色下,有果树们。

院里六棵枣树、三棵柿子树、一棵石榴树,都满树累累硕果。

一阵晚风拂过,熟透的枣儿就会掉落在地上,发出轻轻的噗的一声。恬宝和芮宝喜欢吃那没有熟透、半青半红的脆枣,公公就会往长竹竿上绑个小铁钩,从树上一个一个钩下来给孩子们吃。公公说:"多吃点,没事儿,没有一点农药化肥。"

柿子树上挂满了小灯笼一样的柿子,可绝大部分还是黄色的、硬的。公公摘下十来个偏红的和苹果捂在一起,说捂捂过几天就软和了。捂熟后我尝了几个,真是甜。

那石榴树,听公公说是他的父亲栽下的,得五六十年了,但长得也不是太高。公公说,石榴树就这样,再长一百年也不会长多高。他挑了几个最红的摘下来给我们吃。

我觉得在吃水果的时候,唯有吃石榴时,是让我最感动的一刻。

把薄薄的石榴皮轻轻剥开,里面那些粉红色的、晶莹剔透的石榴子呵,犹如一颗颗粉红色的玛瑙,一排排饱满欲滴地挤在一起,石榴子里面的石榴核隐隐约约。

不,我甚至觉得它们比玛瑙还要美丽,以至我每次吃石榴时,都小心地掰下石榴子,积攒在手心里,不舍得马上吃,而是细细地欣赏那颗颗粉色的小小的美,感叹造物的神奇。

没剥衣子的玉米棒子堆渐渐变矮,我们身后越来越高的是剥去了衣子的金黄光洁的玉米棒。孩子爷爷说,今年能收一万多斤玉米。这丰收的喜悦!

我的手机里流淌出那首好听的歌儿:"月亮在白莲花般的云

朵里穿行,晚风吹来一阵阵快乐的歌声,我们坐在高高的谷堆旁边,听妈妈讲那过去的事情……"

芮芮说:"我们是坐在高高的玉米堆旁边,听爷爷讲那过去的事情。"大家被逗得朗声而笑。

我静静地观察,看到两位老人多皱的脸上绽放的舒心笑容。我想,如果这次我们没有带两个孩子回来看望他们,他们会如此开心、如此快乐吗?

他们一生坎坷不易,挨过饿,受过冻,辛苦养育三个孩子长大成人。

前几年,我与先生怕他们累着,对他们说:"咱不种地了,给爹娘在附近的县城里买套小房子,去县城住住吧。"他们坚决不同意,说:"年纪大了,住城里有什么好?不活动不干活儿还容易这儿疼那儿痒,倒不如在家种点地喂点牲口,活动活动,对劲儿。城里那是年轻人干事业的地方,俺们去那儿干啥?"

假期几天时光很快逝去,该上班了,该上学了。

临返程前一晚,先生塞给我一个信封,说:"别忘了待会儿给娘。"

信封里装了一万块钱。

婆婆睡下了,我去里屋把信封放到婆婆手中,说:"娘,这一万块钱给你和爹在家花。别不舍得,想吃点啥自己买。照应好爹,他那人干起活儿来不要命。"

婆婆赶紧撑起身子说:"不用不用,哪用得了这么多? 俺在家有钱花。去年你们给的还没花了呢,今年棒子、小麦都收了不少,还卖了一头牛,俺手头宽着咧。"

我把钱握进婆婆的手里,说:"娘,你拿着,花不完慢慢花。儿女长大了,就该孝敬你们了,你们也到了该享享儿女福的时候了,收着。"

婆婆不作声了,接过钱,起来从柜子底下摸摸索索着掏出一个铁盒:"行,俺收着,你们要用钱时吱一声儿。"

每次回老家,我们都给两边的父母一点钱,让他们收着。也许他们依旧不舍得用,但给一些,让他们手上宽绰一点,遇上个头疼脑热也不会为钱而慌神,我们心里也踏实一点。

我与先生有个小约定:给我父母钱时,他去给;给他父母钱时,我去给。

这样老人会欣慰一些,放心一些,省得他们唠叨一些诸如"你们要互相商量啊,不要背着给我们钱引起什么不愉快啊"之类的话。

他们说,只要儿女在外过得好,爸妈就高兴,比吃什么山珍海味都好,都高兴。

唉,父母心啊……

临走那天,爹娘送我们到村口。

我们坐上孩子叔叔的车子去高铁站。走那么远再回头时,他们还在原地张望着。

公公那略显佝偻的身影,在北方的秋阳之下,越来越远。

我打开车窗，让恬宝探出小脑袋再脆生生地喊一声爷爷奶奶。恬宝喊了，但估计隔远了，老人不会听见。

　　是啊，日子老了，父母终得离我们而去，一次次的见面，不过是人世间越来越少的告别罢了。

　　想到这里，我在心里说："爹、娘，我们会经常回来，带上孩子们，回来看看你们。"

大哑巴的泪

大哑巴死了。

不到 50 岁的大哑巴喝下了大半瓶农药,就那样口吐白沫,死了。

几乎没有人为大哑巴的死哭几声。也是的,这个大哑巴原本就是个大大的累赘。现在,累赘没了,终于轻松了,怎么还会哭得出来呢?

如果大哑巴的母亲还活着的话,她也许还会哭几声她这个苦命的儿子。

大哑巴是我皖南老家那个小村子里的一个傻子,他又傻又哑又跛,成天手拿一根放牛棍放牛。

大哑巴人虽傻,可是个子却高得出奇,起码有一米九几的身高,往那一站,像个铁塔。

他的脸是歪的,身子也是歪的,走路的时候,要一弯一弯地走,姿势很奇怪。

大哑巴很能吃。那时候人们本来就过得很苦,粮食不够吃,但大哑巴一顿要吃三大碗饭才够,没吃饱就不依,就要砸东西,他一人要吃掉一家人的口粮。

大哑巴是老大,下面还有两个弟弟、一个妹妹。大哑巴吃得多,弟弟妹妹就吃不饱。吃饭的时候,常常是鸡飞狗跳。

所以我们就常常听到大哑巴的母亲跳着脚在大哑巴后面骂:"你个饿死鬼投胎啊,你怎么不早死啊!我前生作了什么孽,怎么生了你这么个讨债鬼啊!"

大哑巴这点好,母亲不管怎么骂,他都不作声,只是站在远远的地方望着母亲嘿嘿嘿傻笑。

别人骂他可不行,包括他的弟弟妹妹们。谁敢瞪他一眼,骂他一声,他立刻操起放牛棍就要打人。

那时候,我们这一帮子七八岁的小屁孩,不懂事,一看到大哑巴远远地在放牛,我们就一齐大声喊:"哑子哑,吃鱼卡。孬子孬,吃鱼泡……"

鱼卡、孬子、鱼泡是我们皖南方言,分别是鱼刺、傻子、鱼鳔的意思。

我们只敢在离大哑巴很远的地方喊,离近了我们一声也不敢吱。

但即便如此,经常我们喊着喊着,大哑巴突然就举着放牛棍歪斜着身子一拐一拐地追上来,嘴里"呜呜哇哇"怪叫着。大哑巴虽然跛,但跑起来速度却极快,我们这群小屁孩吓得立刻一哄而散。

因为家中有这样一个傻哑巴，哑巴的弟弟妹妹们的婚姻大事都受到了极大影响，尤其是两个弟弟。

两个弟弟虽然长得不丑，可直到二十七八岁还没有寻到一门亲事。二十七八岁没娶亲，在现在似乎不算什么，但在那时候的农村，也许就要打一辈子光棍头子了。

这把可怜的父母亲愁急得头发一根根地白了。

常常是好容易托媒人说了一家，可人家女方到家里来一插亲，就黄了。插亲是村里土语，意思是女方派人来男方家里探查情况。

往往是插亲时一知道家里有这么个吃掉一家人口粮的傻哑巴哥哥，人家就觉得这累赘太大了——爹娘老子都老了，以后这傻子哥哥还不是两个弟弟甩都甩不掉的大包袱？

这样，亲事就黄了。

后来，外乡办了个福利院，家人就把大哑巴送到了福利院。

但大哑巴死活不愿意住福利院。在那样一个完全陌生的地方，没有一个亲人，大哑巴很惊恐。送去过几次，他都自己跑了回来。

后来没办法，家里人商量着又把他送到一个更远的福利院，心想路这么远，他一个傻哑巴应该跑不回来了。

太平了半个月，大哑巴果然没有再回来，一家人很庆幸，父母又张罗着托媒人给两个儿子说亲。

没想到一个月后,大哑巴顶着一头乱草似的头发回家来了。

两个弟弟见快要成的亲事又要被这个傻子搅黄,气得要打大哑巴。但他们哪里是大哑巴的对手。两个弟弟气得离开了家。

老母亲见了,抱住傻哑巴儿子痛哭。母亲说:"儿啊,虽说你是傻子,可你也是妈身上掉下来的肉,妈哪有不疼你的道理?可是你不能再在这个家里住啊,你要是在家,你的两个弟弟就要打一辈子光棍头子啊!儿啊,妈求你了,你就走吧……"

大哑巴也抱着母亲哭了,哭得惊天动地。

从此,大哑巴走了,再也没回来过。

人们都说,其实,大哑巴一点也不傻。

弟弟们顺利地娶上了媳妇,过上了自己的小日子。

乡下福利院,条件能好到哪儿去呢?大哑巴一顿要吃很多才能吃得饱,福利院是没有那么多饭食给他吃的。

可以肯定的是,大哑巴的肚子从那以后就没怎么吃饱过。

大哑巴的母亲心疼大哑巴,有时候悄悄从家里顺点吃的,跑很远的路去送给大哑巴。但她与老头子都老了,还得靠儿子儿媳养,再送东西给大哑巴,儿媳们脸上明显就有了不悦。母亲就没敢再送。

过了几年,大哑巴的父亲得病死了。

就在去年,大哑巴的母亲也去世了。

大哑巴的母亲去世时,没有人去告诉大哑巴。

直到母亲下葬之后，大哑巴不知怎么知道了，跑回来了一趟，到母亲的新坟头上哭了一场。

后来大哑巴又走了。

再后来，大哑巴不知从哪里弄到一瓶农药，喝了下去。

……

那一个夜晚，我接到母亲的电话，母亲依旧在电话里絮叨着张家长李家短。

我依旧是边听着她的絮叨，边手里拿着一本书。

听到大哑巴死了这一消息的时候，我的手一震，书差点掉在地上。

那时我正在读一首诗：

> 秋天来了。河岸上的花朵
> 凋谢了，卷入河水的波浪。
> 悲哀来了。生命的哀愁
> 消失了，被卷入泪的洪流……

这首诗的作者是裴多菲。

题目叫《我的泪》。

生命秋之美

这个夜晚,我伫立于阳台。月满天心,清光泻泻。

阳台前的甬道上,月华斑驳,树影婆娑。我想起东坡说的:"庭下如积水空明,水中藻荇交横,盖竹柏影也。"

清风徐来,客厅里孩子们的稚嫩笑声,如泉声叮叮。

如此秋夜,当是欣悦,我却为何有淡淡愁绪在心?

那是因为,今夜,我将又要陪伴爸爸度过一个难眠之夜——这是奶奶永远离开的第一个秋天,爸爸思念奶奶,难以成眠。

我打开手机,爸爸的短信跃出:"心事数茎白发,生涯一片青山。"

曾经,老顽童一样心无挂碍、笑口常开的爸爸,如今却只余"数茎白发、一片青山",叫人情何以堪?

白莲子一样的月亮仍镶嵌在深蓝色的天幕上,引我长叹一声。今夜的白莲子,清光如昨,那皎白的清光里,映现出奶奶那张没牙的笑脸。

奶奶已永远离开九个多月了。

事实上,直到现在,对于奶奶的永远离去,我都有一种不真实的恍惚感。就在去年春天,我在新出版的书中还说:"再过几个礼拜,我的奶奶就要迎来她 96 岁生日了。96 岁的奶奶,是我老家方圆百里之内最高寿的一位老人。"

当时奶奶过生日的时候,一大家子人还高高兴兴地祝福她健康快乐地向百岁老人迈进呢。奶奶咧着没牙的嘴呵呵笑着,笑得脸上的皱纹像一朵盛开的花。

几年之前,我怀了第二个小宝宝,因为身子不方便,所以直到 12 月初宝宝出生时,我也没能回去看望奶奶。

原想着等小宝宝大一点时,带着宝宝一起回去看望奶奶,谁能料到,就此天人永相隔。

12 月 7 日我的小宝宝出生,俗话说:"宁挑千斤担,不带四两伢。"我拖着虚弱的身子照顾刚刚出生、柔若无骨的小婴儿,甚是疲累。可是谁能想到,就在宝宝出生后的第五天,疲惫的我突然接到爸爸的电话,说奶奶已于清晨过世,突发脑溢血导致昏迷,之后在安静中永远睡去。

电话里的爸爸,哀痛得语不成调。

我知道对于最孝顺奶奶的他来说,这个打击是沉重的。我心如汤煮,可是我刚生完宝宝,正在月子里,除了在电话里劝慰劝慰哀痛难止的爸爸,别无他法。

其实在四年前,奶奶已经突发过一次脑溢血,那次是爸爸竭尽全力将奶奶从另一个世界的边缘拉了回来。奶奶又开开心心地过了这么多时光。如今这一次，是过于突然，而且确实已无回天之力。

然而，爸爸的哀痛剧烈得超出了我们的预料。他几乎夜夜成梦，梦到奶奶回到他身边，还经常说梦话。白天他经常对着奶奶的遗像独自垂泪，同遗像说话。

爸爸的这种状态让我们非常担心。我努力为已经退休的爸爸找了一份工作，想让他换一个新环境，慢慢平复对奶奶的刻骨想念。半年之后，爸爸的情绪慢慢平复了许多。但每逢佳节倍思亲，一到节日，爸爸的情绪会再度低落。

因此每到节日，我都尽量守在爸爸身边。可是这次，爸爸因有事在外脱身不得。

在这个秋叶飘坠的清秋之夜，银河垂地，月华如练。

我望着怀里九个月大在咿呀嫩啼的宝宝，强烈地感受到生命的起承转合与枯荣交替。

我给远方的爸爸发了一条短信：

> 爸爸一定记得庄子的鼓盆而歌吧。庄子妻殁，他鼓盆而歌，人怨他为何不哭而唱。庄子答："我当然悲甚。但一个人从不存在到出生，又从出生到消亡，就像四季之更替，无人能免。既然是自然之事，深陷悲痛又有何益？"
>
> 新生命来了，如碧波，如嫩竹，是贮满希望之情的绿。

旧生命去了,如夕阳,如红叶,是标志着事物终极之赤。

春水涟涟,是生命的一种美。

秋波潋滟,也是生命的另一种美。

爸爸,擦干眼泪,抬起头来望向前方。

云在青天水在瓶,云水都自有永久的故乡。

人亦如此,去向永久的故乡之时,我们该做的,唯有,擦干眼泪,目送,且祝福。

爱的长线妈妈永远看得见

妈妈在电话里说:"这人一上年纪啊,就像锄头豁了口,锄不到正趟儿上。前些日子把油菜籽收回家,棉花也栽下地了,想趁闲给你们做几双布鞋穿穿,过阵子要忙稻秧又没空闲。可是我这眼神儿,别说针眼穿不进,连线都看不清了。"

记得小时候油菜籽前脚被收回家,暑假后脚就到,这一年也就过半了。日子骎骎疾驰,真是"未觉池塘春草梦,阶前梧叶已秋声"啊!

小时候,妈妈年年都要给家里人做鞋子的,她年轻时是个做布鞋的好把式。一天劳累之后的妈妈,一块块挑选碎布头,再用自熬的糨糊汤把碎布头一片片粘起来,晒干,剪脚形,然后戴上顶针,深夜里坐着,线引着针,针引着线,穿过千层的布,穿过千层的夜色,从一位母亲的手心抵达儿女的脚心。

白生生的鞋底上,无数个密密麻麻的针脚儿纵横排列着。那么厚的鞋底,每一针即使是在顶针的帮忙下,也是艰难的。针和线经过紧张的穿越之后，绷紧着、颤抖着，到达鞋底的另一面，到达生活的另一面。

在这项制造温暖的工程里，妈妈的手承受了多少压力、多少痛楚！每做一双千层底布鞋，妈妈的手上都会留下出血的针眼。

那根绷得紧紧的、直直的白棉线，以及妈妈一下一下拽棉线时的哧啦哧啦声，我永不能忘记。

鞋子舒不舒服，脚知道。要说最舒服的鞋，还数千层底布鞋，不过身在都市，觉得布鞋穿出去"土气"。

我怀芮芮的时候，妈妈给我做了几双千层底布鞋，说怀孕了身子重了，穿布鞋舒服养脚。那时妈妈的眼睛虽然已不太好，还勉强能行。可是，这才过去没几年，妈妈的眼睛就做不了鞋子了。

在这骎骎疾驰的日脚中，我竟然没有意识到，年轻时以劳动赛过男劳力而闻名的妈妈，也已是花甲之年。

古话说："父母之年不可不知也，一则以喜，一则以惧。"我想这是每个做儿女的心情——双亲年岁越大，越高兴他们的长寿；年岁越高，也越有一种莫名的惧怕。

周末太阳好，我把布鞋翻出来晒晒。初夏的暖阳将几双千层底晒得暖洋洋的，我将脚放进去，熨帖而实在。我想要把它们好好留着，等到天凉时，在家里穿。当我忙着收拾琐碎家务时，当我深夜在一盏荧灯下读书写字时，脚底脉脉传来的，是身在远方的妈妈那绵延不绝的一线爱意和温暖。

我要让这温暖也传递到妈妈的脚心。再路过街上那家老字号布鞋店时,我进去给妈妈挑了一双朴素而厚实的布鞋。妈妈面子薄,式样稍微新潮点的衣服或鞋子她都不好意思穿。我给女儿芮芮也挑了一双可爱的小儿童布鞋。

　　爱就像做千层底布鞋的那根棉线,长长的、颤颤的、悠悠的、暖暖的,人生就是这样一代一代轮回,爱也是这样一代一代延续。我的脚底有妈妈给予的一线温暖,我的女儿的脚底,也会有我给予她的一线温暖。

　　我抽空把布鞋寄了。相信这根爱的长线,无论妈妈的年纪有多大,她都会看得见。

不当"一米陌生人"婆媳

近年,有一个"一米陌生人"的说法,主要是指子女与父母之间。

子女与父母曾经是这个世界上最亲密的人。小时候,父母的怀抱是我们温暖而安全的港湾,他们教会我们学语学步,穿衣吃饭,认识外面的世界,我们儿女的眼里也只装得下父母大大的怀抱。但是一转眼我们长大了,一转身,远离了他们,我们步履匆匆地追赶着外面的世界与时代,与身后守望着的他们渐行渐远。

但最令他们伤感的,不是越来越远的身体距离,而是越来越远的心与心的疏离与漠然。我们当儿女的愿意把笑脸送给别人甚至是陌生人,却把最差的脾气与不耐烦留给父母。我们愿同陌生人寒暄,却很少与父母促膝长谈,就算是打电话,也往往超不过三分钟。白发早已爬上父母的发际,我们却对他们的牵挂与付出,早已习以为常,甚至有时会嫌烦。

想想看,你是父母的"一米陌生人"吗? ——你陪父母逛街吗? 你陪父母散步吗? 在外工作的你常给父母打电话聊天沟通吗? 你有心事会对父母说吗? 你对他们的絮叨会不耐烦吗? 你知道父母最近一次生病是在什么时候吗? 你知道父母最爱吃的菜吗? 你知道父母的爱好吗? 过年了你会回家陪父母过年吗? ……

　　我作为人之女,也曾思考过这个问题。思考的同时,我也留心到这个问题的另一面,而这一面,往往被更多的人所忽略。

　　那就是,如果你是已婚人士,除了自己的父母之外,还有另一半的父母。譬如我,除了父母之外,还有先生的父母,就是我的公公婆婆。

　　我自忖不是自己父母的"一米陌生人",我把父母接到身边与我们一起生活,衣食住行基本都在我的视野之内,只要有时间,我也经常陪他们散步、聊天。

　　在此基础上,我在反思,我是否是一个"一米陌生人"儿媳呢?

　　公公婆婆在北方,离得远,平时难得一见,所以一般到过年时,我都会主动提出去陪公公婆婆过年。自己的父母常能看见,过年不在一起他们也能体谅,不会见怪。

　　先生说这让他少受很多夹板气,不用发愁过年究竟要往哪边走! 他有些同事、朋友,年年为去哪边父母家过年而头大,有个朋友基本每年只好两边跑,整个一个年都风尘仆仆地在路上奔波了，一到过年，朋友就喊害怕。

今年冬天很冷，数十年不遇的寒流来袭。南方很冷，北方就更冷了。有人可能说，北方有暖气啊，屋外屋里是冰火两重天。可是他可能不了解，有暖气的只是北方城市里集中供暖，北方广袤的乡村还是没有集中供暖条件的，顶多家里自制一个土暖气炉子，但那不太顶事儿，屋里还是冷得厉害。

我提前看了婆婆那里的天气预报，气温要降到近零下二十摄氏度了。上海也要强降温。未雨绸缪，我赶紧买了两个质量非常好的电焐子，一个给了妈妈，一个马上给婆婆寄去了。

婆婆年轻时吃过不少苦，年纪大了，腰腿就有些不对劲儿，经常这里那里小疼。用电焐子热敷，对她的腰腿有好处。老人用电暖具，安全是首要的。老人都怕冷，把这个电焐子放被窝里，一整夜都暖和。

电焐子寄出去之后，我给婆婆打了个电话，我说："娘，过几天要冷了，给你寄了个电焐子，晚上放被窝里暖身子，充电几分钟就行了，能暖一晚上。娘，你看着说明书用。"

婆婆能认得几个字，说明书基本能够读懂。

婆婆在电话那头说："俺好得很，别瞎花钱儿，外头挣钱儿不容易，俺没事儿，俺们北方人经冻……"

但我透过电话，仿佛看见婆婆的笑意洋溢在皱纹里。

婆婆家所在的冀中平原一带，称呼母亲都叫"娘"。先生离开老家在外工作十多年还是改不了口，回到老家就一口一个"娘"。

我这个南方儿媳虽然觉得有点不好意思,但还是开口叫婆婆"娘"。婆婆很开心。感觉这个"娘"字一出口,婆媳之间便自然有了一种说不出来的熨帖和亲切。

记得有一年国庆长假前,公公婆婆说他们想孙女儿。长假时,我们就带上孩子们去了一趟婆婆家。见到乖巧的孩子们,老两口喜得合不拢嘴,争着抢着要抱要亲。

我总是嫌自己不够苗条窈窕,可是婆婆见到我就直嚷怎么那么瘦,再瘦一阵风就刮走了,怪我不肯多吃东西。她说:"孩子们都那么大了,傻吃蒙睡呗,胖点怕啥? 身体好就行。"我暗地诧异,婆婆的话与我妈说的话怎么惊人地相似!

院里的几棵枣树上满是红彤彤的大枣,像无数的迷你红灯笼,公公用竹竿敲了几下,枣雨纷飞。洗过,一尝,真甜啊,比我在上海买的甜多了! 我正吃得欢,婆婆说:"生枣可不能多吃,吃多了胃会难受。你喜欢吃,我拿去煮熟,煮熟的枣子吃多点也不要紧。"

中午秋阳当空的时候并不觉寒意深浓,早晚还是相当凉,我带的衣服不够厚实。婆婆戴上老花镜,坐在缝纫机前给我做厚睡衣。她还量了孩子们的小脚样子,赶做几双合适的小鞋子。婆婆的手巧得很,给孩子们做的虎头鞋穿出去,邻居们啧啧赞好。

在家的几天,每天早上婆婆给都我冲一碗鸡蛋花。

穿着婆婆一针一线缝制的又软又暖的睡衣,喝着滚烫的鸡蛋花,那种温暖直达心底。

婆婆又特地去换了二十多斤花生油,说:"这油香,你们带回去,现在油那么贵,省得花钱买。"先生担心这油上不了飞机,我也怕麻烦,就说不带了。婆婆说:"那有机会给你们铁路托运吧。"

婆婆看上去胖乎乎的,其实她身体并不怎么好,还有高血压,大概是北方人吃得咸——婆婆炒什么菜都搁一大把盐外加一大勺酱油。

盐吃多了对血压是有影响的,我告诫过婆婆多次,可她大半辈子的习惯就是改不了。早前我在一本杂志上看到一个方子,说用洋葱泡红葡萄酒,喝了对高血压、冠心病等心脑血管疾病有特殊疗效。我赶紧剪下小方子寄给婆婆,叫她喝着试试,看有没有效果。令人欣喜的是,不久婆婆打电话来,说方子很管用,她现在控制血压的药也少吃了。我真的是非常欣慰。

公公婆婆一生节俭,省吃俭用供三个儿女读书,这对于他们来说是何等不容易,所以我非常敬重我的公公婆婆。

前年去婆婆家,看婆婆泡洋葱的红葡萄酒是那种十块钱左右一瓶的,与动辄数百上千元一瓶的高级红葡萄酒比起来,是再普通不过的了。但就这种葡萄酒,在婆婆看来都是非常昂贵的,她喝的时候总是小心翼翼,一滴都舍不得浪费了,看得我心直酸。

看婆婆不舍得买好点的葡萄酒泡洋葱,我和先生背着她冒着大雪搬了一大箱子回来。回上海后,我估摸着那一箱葡萄酒喝得差不多了,又寄了点钱给婆婆,告诉她:"娘,一定要买葡萄酒坚持喝,别不舍得花那点钱,身体是最重要的。"

临行的时候,我塞给婆婆万把块钱,我说:"娘,给你点钱,先花着,不够了就告诉我们。"婆婆不要,说他们在家不缺钱花,我们在外花钱的地方多。没办法,我趁她不注意,悄悄塞在褥子下面。等坐上车了,我给她打了个电话,告诉她:"娘,钱在褥子下面,别弄丢了。"

巴尔扎克说过,母爱是一件简单、自然、丰硕、永不衰竭的东西,是生命的一大要素。

母爱,是自然而简单的,也就是说,当婆媳之情化为母女之爱的时候,婆媳之间就不再难以相处。当你把婆婆当成自己的母亲,叫她一声"娘",体恤她,关怀她,你们之间情同母女,你会发现,婆媳之间的相处,也一样地自然,一样地简单。

人与人,心与心其实都是相通的,什么叫投桃报李?婆媳相处其实也是一个道理。一个家,有了婆与媳的祥和,才有整个家的祥和。

有了这样的祥和,我相信,我与婆婆之间,就永远不会成为"一米陌生人"婆媳。

天南地北双飞客

　　请来带女儿的保姆,因为家中突发急事,急匆匆地走了。我与先生一下子陷入了担忧之中——这可怎么办? 我们两个在单位每天都忙得如陀螺一般,怎么照顾孩子呢? 再找个保姆吧,去家政公司好几趟也没找到个合适的。

　　远在北方的婆婆来电话说,要不把芮芮送到北方,她帮我们在家里照顾,这样也不耽误照顾年迈的老爷爷。我们想了许久,没同意,想到把芮芮送到几千里外的北方,女儿又出生在南方,肯定不适应北方的气候;想起我以前在婆婆家待了不到十天,皮肤就出问题,她嫩嫩的小皮肤怎么禁受得住?

　　此路不通,彼路也不通。先生仿佛是下定决心似的对我说:"要不,你辞职吧……回来一心一意照顾芮芮,也免了我的后顾之忧。少了你这份收入,虽说肯定会差些,但总不至于饿到你们娘俩。"

　　我纠结,一夜未眠。

在路路不通的情况下，我不是没有考虑过辞职，但当动到这个念头的时候，我真的很可惜那份收入，虽说不算非常高，但也不算菲薄了。生芮芮产假之后也是因为没找到人照顾芮芮，我也动过离职的念头，但上司没答应，让我尽量克服家里的困难，并允诺给我加薪水。我回公司后，公司没有食言，给我加了不少。如今家中所有开销，包括保姆的报酬，都是我的那份收入在支持。

　　养孩子是烧钱的活动，有了芮芮之后我才相信这是真的。芮芮自从断奶之后，一罐牛奶粉只喝了半罐不到就停了，她一喝牛奶粉就上火，皮肤上生小红点，后来咨询医生开始喝羊奶粉。羊奶粉喝了不上火，因为脂肪颗粒比牛奶粉小得多，所以婴儿容易消化吸收，免疫因子是牛奶粉的数倍，喝了不容易生病，只是贵了好多。牛奶粉900克一罐，而羊奶粉只有600克一罐，还比牛奶粉贵1/3还多。刚断奶那阵，几乎是三四天就一罐，再加上金奥聪、全元康、鱼肝油、尿不湿之类，林林总总，花费真是不菲。

　　房子银行贷款本来是十五年期的，但我这人就是欠不得别人债，哪怕是银行的，也觉得很不舒服，心里有个疙瘩在那里，也许是小农意识太浓吧。两年后彻底还清，我舒了口气。房贷刚还清，婆婆又病了，先生将婆婆接到上海来治病、手术，前前后后又花去了好几万。

　　说一点不心疼那是假的，但这是应该花的钱，父母养儿女就是为了防老，对待这方面，我不能也不应该说半个"不"字。去年哥哥在老家城里买了两个商铺门面房子,他选择一次性付清,因为这样每平方米会少三百块钱,又因为卡车的吨位不够,把旧卡车卖掉重新买了个大吨位的卡车,两项四十多万元。款不够,我就打了一些过去给他救急。

辞掉工作全心照顾芮芮也不是不可以,但想到此后所有负担都压在了先生一个人身上,我就有点犹豫。一个家,是需要双方共同承担责任,不可以把所有重担全压在一个人肩上,那样他会很累。男人也是人,女人也是人,男人只是体格比女人强健些而已,其他方面也不一定强过女人多少,甚至在某些方面,男人比女人更脆弱,心底深处同样需要呵护与照拂。男人表现得强大,不过是因为社会把担子强加在他们身上而已。所以我不大赞同一个家由男人一人风雨一肩挑,除非是这个男人真的是个强者,妻子的那份收入对他来讲不过九牛一毛。男人在苦苦打拼的时候,又有谁去细心地探看过他们心里的泪水?

所以,一定要为他分担一些,尽我所能。

在我们一筹莫展的时候,我打电话给爸爸,我想爸爸毕竟经历的事情多,听听他的意见。爸爸一听我说要辞职就急了,说这么年轻不上班怎么行?芮芮再想想办法,终归能有办法的。沉吟了一会儿,爸爸说:"不如把芮宝宝送家来吧,爸爸、妈妈还有二嫂帮你一起带。"

我说:"那怎么行?你们不是在带大哥的孩子吗?再说二哥的菡菡也才上幼儿园,还是要照顾的,二嫂又怀孕了,老奶奶还要照顾，不能再给你们添负担了。"爸爸说："你放心，我们一定会把芮芮照顾好，如果你们不放心老屋条件不好，旁边有水潭，就把芮芮留在你二哥新家里，那边没有水潭，门口也没有汽车来来往往，条件也好，电器也一应俱全，再说你二嫂也可以帮忙照顾，她有文化，可以教育芮芮的。你们要是想芮芮了，隔几个月回家看一趟，隔得也不是非常远。"

听了爸爸的剖析，我有点心动了。但先生依然不答应，我知道他的心思，他儿女心非常重，舍不得芮芮离开。他常在外出差，有时候工作实在忙得脱不开身，礼拜五晚上回不来，他就礼拜六深夜里往回赶，礼拜天又要走。有一次他去深圳总部开会，中间隔了个礼拜，再回来的时候女儿好像有点不认识他了，不肯叫爸爸，也不肯让他抱。以前他一回家，芮芮总会甜甜地叫爸爸，又亲一口爸爸的。这次没有，而且芮芮还往我怀里躲。我察觉到先生的眼圈立刻就红了，他摘下眼镜低着头钻进了洗手间。

我们终于还是听了爸爸的话，将女儿送回了老家。

回乡短短三天，却像经历了三年一样漫长。丢下幼小的女儿在远方，我与先生归程一路默然。

到达上海，已是近晚上十一点了。赶上了最后一班回家的地铁，回到别了三天的家。想这么晚了，爸妈许是睡了，就不打电话给他们报平安了。谁知不一会儿，爸爸打电话来了，得知我们平安到达，他们才放心去睡。父母的心啊！

细想一路，只觉被一个"情"字所萦，所绕，所牵，所绊。

那份淡淡的无法言说的情——兄妹的情、父母的情、祖孙的情、对女儿的情……

"问世间情为何物，直教生死相许？天南地北双飞客，老翅几回寒暑。欢乐趣，离别苦，就中更有痴儿女。君应有语：渺万里层云，千山暮雪，只影向谁去？"

是啊，情为何物呢？让我在今夜的梦中，再走一遍回乡路，再温一遍这份情吧。

（一）回家

该收拾的收拾了，该请的假请了。先生的工程正处于节点上，但也没办法，也只能硬请了，手机二十四小时开机，随时与公司保持联络。

东西真不少，光女儿的奶粉就十多罐。

九日清晨六点二十分的火车。

138号的邻居李伯伯开计程车，头天晚上跟他联系好了，早上送我们去火车站，怕太早了在路上临时搭不上计程车，耽误了火车可不是好玩的。九日早上四点多起来了，吃些早餐，把还睡得香香的芮芮抱起来，快五点半坐上李伯的车子就出发了。

车在高架上，快到火车站的时候，我问李伯："伯伯，听说你还有一套老房子在火车站附近是吧?"他说："是啊，快拆迁了。"我说："拆迁费一定不少吧，在市中心一套老房子拆迁费一般都要上百万吧。"他说："拆迁费有一百二十来万,还有一套在虹口区,明年大概也要拆迁了,价钱应该差不多。"

李伯只有一个儿子,现在住的 138 号的这套房子是六复七的,总面积有一百六十多平方米,六层与七层贯通,乳白色的螺旋形楼梯蜿蜒而上,七层顶上有一个大大的露台,撑着一把沙滩伞,还有一个秋千,还种了许多花草盆景,看上去很不错。

我说："李伯你儿子好有福气,一辈子不用干活儿也有饭吃啊。"李伯说："有利也有弊啊。你看看,上海本地的年轻人中有几个有斗志的? 被父母给的安逸生活惯坏了啊! 我看还是像你们这样的新上海年轻人好,有斗志,肯努力,靠自己的力量奋斗,这样好。我儿子早上睡到七八点都不肯起床,唉,我儿子要是有你们一半的勤力我就开心死了。"

这计程车本来是李伯的儿子开的,但儿子嫌辛苦,所以大半的时间都由李伯开。

我想也许是的,事物终有它的两面性,什么都有了,什么都唾手可得,不用费脑筋,就失去了目标,对于一个人来讲也未必是好事。

到火车站广场的时候,六点还不到。我们在候车室等了一会儿,芮芮在她爸怀里还没醒,睡得甜甜的。早上给她穿了个小短裤,系了个小红肚兜,脚蹬一双小凉鞋。平日里就给她穿个小凉鞋,系个小红肚兜,因为天热怕焐多了不好,又不敢总让她吹空调,怕她感冒。她穿个小红肚兜,蹦蹦跳跳,小屁股一撅一撅,嫩嫩白白的,总想上去拧一把。照顾芮芮的阿姨对芮芮亲得很,说她活泼可爱得像个小哪吒。

上了火车,一看人还真不少,是双层空调车,我们在上层,空调开得有些低,感觉有点冷,赶紧给芮芮套了一件小褂子、一条裤子。这么一动,芮芮醒了,看了看周围陌生的环境,有点疑惑和茫然,小嘴咧了咧,想哭。她爸赶紧说:"芮芮,我们在火车上呢,这叫火车,我们去外婆家,别害怕。"我说:"芮芮,别怕,有爸爸妈妈在这里呢。"对面座位上有一个小男孩,估计五六岁光景,挺可爱,过来拉芮芮的手,嘴里叫着"妹妹妹妹"。芮芮居然没抗拒,还跟他握了握手。男孩妈妈说,小孩子之间就是亲。

一会儿芮芮就和小哥哥打成一片了,在过道里有滋有味地玩着,小哥哥还喂旺仔小馒头给芮吃。

先生见芮芮自顾自在玩,就想趁着空隙拿出笔记本电脑做点事情吧,谁知刚把笔记本打开,小家伙就看见了,凑过来,拿肉乎乎的小手在键盘上敲来敲去。我说:"你赶快收起电脑吧,芮在边上你做不成事情的。"先生依言想合上笔记本,小家伙不依了,小肚皮一挺,不高兴地大声哼唧起来。没办法,先生只得关掉笔记本电源,放在腿上,任凭小东西在键盘上尽情地敲。

我也乐得小东西不来缠我,双手撑着下巴颏,手肘支在车窗边沿上,透过玻璃看那流动的风景画。火车在疾驰,我藏身在这飞驰的巨兽里任凭它载我奔向远方。

昆山过了,快到苏州了,列车广播里在介绍苏州的风土人情、山光水色。江南就是好，眼前一派碧绿田畦。时令已是立秋过后，正常情况下，应该是早稻收割完毕归仓，晚稻秧苗栽下去一月有余，农家最最火热、最最累人的"双抢"告一段落。然而，现在的人似乎都懒了些，农民也不愿顶着烈日战"双抢"了，只插一季中稻，口粮够了就行了。此时，中稻正在争先恐后地抽穗拔节，一眼望去，一片连着一片，仿佛茸茸的绿毯铺展到天边。

"双抢"是一年中农民最忙、最累的一段时间，也是一年中最热的日子，要持续近两个月。这段时间，要抓紧时间收割早稻，然后耕田，一定要在立秋之前将晚稻秧苗插下田。同时要"抢"早稻和晚秧，所以谓之"双抢"。立秋当天夜里零点前和零点后插下的秧苗长势会截然不同，这种奇妙的现象一直令我感叹造化的神奇。所以，立秋那天晚上，你会看到水田里还有许多人就着模糊的星光加紧插秧，尽量将秧苗在零点之前插下去。

"双抢"时节正值暑假，所以我小时候家里一到"双抢"，全家人一起上阵。烈日炙烤，蝉声嘶鸣，然而不能歇息。早稻被收割、挑回家、脱粒，然后铺在晒场晒。那时候田间路不好，没有拖拉机，完全是人力挑。接下来是耕田，没有机器，用的是水牛和古老的犁耙，也亏了我那从事教育工作的爸爸，犁起田来也还有板有眼，那头老水牛在他的指挥下自如地拐弯、使力。田犁好耙平，要准备插秧了。插秧前要把母秧田的秧苗拔起来捆成小秧把，再扔到耙好的大稻田去插。

我和两个哥哥负责拔秧，由爸妈把一小捆一小捆的秧苗挑到大田去插。正午水田里的水被太阳晒得滚烫,我们在烈日下汗如雨下。我倒不怕天热,但我怕蚂蟥和水蛆。水田淤泥很深,穿胶靴做事非常不方便,没办法,只得光着脚。这可让饥饿的蚂蟥逮着机会了。

蚂蟥学名叫水蛭,它的头部有吸盘,遇到人或其他动物时就附着在皮肤上吸血,吸血的同时分泌一种抗凝血物质,有麻醉作用,所以蚂蟥吸血的时候人一般感觉不到疼。蚂蟥非常能耐饥饿,有时能一年不吃任何东西,但逮到了机会就会撑死了也不松口,能吸大于自身体重两到十倍的血。因为蚂蟥吸血不疼,所以有时候我拔秧忙时就忘了害怕,但等我抬起腿时,赫然发现两条腿上附了四五条蚂蟥,我赶紧用秧把使劲打,使它们掉下来。不能硬拽,越拽它会吸得越紧,伤口会更厉害,要用秧把打或用手使劲拍。打下蚂蟥后腿上就有四五处在流血,因为蚂蟥吸血时分泌一种抗凝血物质,所以被咬过的伤口不容易止血,我也顾不了那么多,爸妈在等着秧苗呢,我得赶紧拔秧。

蚂蟥的再生能力非常强,要杀死蚂蟥,不能用刀砍,就算砍了几十段,它能又长成几十条蚂蟥。这个我们都知道,所以逮着蚂蟥就把它像翻布袋一样地翻过来,再放在干燥的田埂上用烈日曝晒,一两天就能让它上西天。再不就是在蚂蟥身上撒盐,洒盐的话就不用把它翻过来。因为蚂蟥的表面分泌了角质膜,这些滑溜的黏液保护着它,一撒盐,由于盐的渗透作用,穿透蚂蟥身体表面的角质膜,致使蚂蟥身体内部的体液快速流失,等体液流失干净,蚂蟥身体不断收缩变干,就上西天了。

记得有一次家里的水牛在湖里洗澡出来,身上趴了一个巨大的蚂蟥,因为吸饱了血,那只蚂蟥足有一个春卷那么大,还透着微微的红色,恐怖极了。我们用一个大扫帚使劲打啊打啊才将蚂蟥打下来,老水牛似乎也懂,兀自站着不动。打下来后,牛身上的伤口处血仍流个不停。

还有水蛆,我也怕。水蛆则跟蚂蟥不同,它不吸血,只是咬你一口,但就是这突如其来的一口,会痛得你大叫一声,那感觉就好像是被一根针猛然扎了一下。抬起腿看时,皮肤上隆起一个小白包,包中间一个小孔。水蛆已跑到水底,连影子也看不见。

最早的时候家里还没有电风扇,爸妈汗流浃背地劳作回来后,我和哥哥就用蒲扇使劲给他们扇风,每当这时妈妈就跟我们说:"你们一定要发狠念书,农村不是人待的地方,不发狠念书考出去,以后一辈子受苦。"我牢牢记住了妈妈这句话,同时也深深体会到当农民的艰辛。那时有交不完的税,纳不完的粮,黄汗淌黑汗流收获的粮食,公粮一交,一大堆粮食就成了小小的一堆了。有些农民交完公粮后一家人的口粮都不够了。数千年了,农民永远处在社会的最底层。所以说免农民重税是多么开天辟地的一件事啊。希望这是农民好日子的开始。

妈妈的这句话成了我努力读书的巨大动力,从小我的成绩就一直名列前茅,我那已过世多年的爷爷一直以我为骄傲。为社会主义四个现代化建设而努力奋斗是大道理，我只是实实在在地循着妈妈的小道理而不断努力。我永远忘不了爸爸在淤泥多深的稻田里挑着一担沉重的湿稻子时那摇晃踉跄的身影。为此我心疼得无以复加，却毫无办法。

列车员过来收垃圾，我的思绪暂时中断。她一走，我又朝向了窗外。江南水多，水潭连着水潭，里面大多是一潭荷叶，荷花开势日渐式微，倒还是有一些莲蓬一枝独秀地挺在那里，肚里藏着肥硕的莲子。

脑际浮过辛弃疾的那首《清平乐》了："茅檐低小，溪上青青草。醉里吴音相媚好，白发谁家翁媪？大儿锄豆溪东，中儿正织鸡笼，最喜小儿亡赖，溪头卧剥莲蓬。"如此豪迈粗犷的辛弃疾，也能写出这等温婉清新的小词，真是令人不由得青眼相看。想他的《破阵子》何等振奋人心，惊破敌胆："醉里挑灯看剑，梦回吹角连营。八百里分麾下炙，五十弦翻塞外声。沙场秋点兵。马作的卢飞快，弓如霹雳弦惊。了却君王天下事，赢得生前身后名，可怜白发生！"

铮铮铁骨的英雄男儿，也有他的绕指柔情："明月别枝惊鹊，清风半夜鸣蝉。稻花香里说丰年，听取蛙声一片。七八个星天外，两三点雨山前。旧时茅店社林边，路转溪头忽见。"这首词有一种说不出的好，只知道读到这里，我会觉得整个身心都掉进去，掉进宋词那平平仄仄、清清亮亮的韵脚里去了。

苏州我以前去过，只是为了公事应酬而去，来不及去细细领会。我想，及待哪日气定神闲地细细领会之后，一定有如莲花附足，步步皆会生香。

那么多的景点，每一个名字都令人低回不已：采香泾、馆娃宫、琴台、玩花池、披云台、望月台、响屟廊……而这些名字，又与另一个美丽绝伦的名字关联在一起，这就是西施。

对于西施，对于这样一位与我横隔千年时空的绝色女子，我却常常觉得似有一丝怜惜与叹惋。她是越王勾践为了打败吴王夫差而落下的一枚棋子，美丽如斯，柔弱如斯。夫差情迷于西施，为她花大代价建造馆娃宫，陪她在采香泾摘花，在披云台看云走云散，在望月台赏月圆月缺，在响屟廊听莲步生音……

一开始，西施的确是怀着政治间谍的目的去媚惑吴王的，及至与吴王耳鬓厮磨之后，发现他并非奸佞之徒，并且如此深情地爱着自己，这个美丽女人的心理发生了微妙的变化，如彩云恋月，她也真的爱上了吴王夫差。宋朝词人吴文英《八声甘州》里说："时靸双鸳响，廊叶秋声。……水涵空，阑干高处，送乱鸦斜日落渔汀。连呼酒，上琴台去，秋与云平。"如此的琴瑟和鸣，一开始也许并不完全出于真意，然而到了后来，真的是只羡鸳鸯不羡仙了。

及至后来，越王勾践打败了夫差，又将西施来了个兔死狗烹，将她沉江而殁。至于什么范蠡与西施驾一叶扁舟，泛于五湖，只是怀念并且怜惜西施的善良的人们美好的臆想罢了。

正当我沉耽于对苏州的怀想之际，先生轻轻推推我，叫我看好芮芮,他去给芮芮冲奶粉去。我回过神来,再看一眼窗外明媚的苏州阳光,想苏州如同静女,只是恬淡娴静地立在那里,不必去探问她姓甚名谁,只需远远凝望,便心如井水,清亮润泽。

芮芮估计是肚子饿了,拉着我哼哼唧唧,我说:"芮芮乖,爸爸去冲奶了,马上就来。"我把她抱起来坐在座位上,拿了一小粒旺仔QQ糖放她的小嘴巴里,她嚼得挺带劲。奶冲来了,芮芮用两只小手抱着,把奶头塞进嘴里,咕嘟咕嘟喝得欢实。那奶头早就被她咬出了老大一个洞,要在小时候还怕她会呛着,现在不会了,我也乐得不用换,用破了大洞的奶头吃奶还省事,米粉放多点,奶冲厚点都不怕,照样畅通无阻,一瓶奶三下五除二就被小东西倒进肚里去了。吃完,芮芮懂事地叫着妈妈,把空奶瓶递给我,又跑下去跟小哥哥玩去了。

看到这小东西从那么丁点儿大长到如今这小样儿,我心里有点安慰。个头将来应该不小,二十个月的她比二十二个月的张忆琳明显高出许多,张忆琳妈妈就说芮芮以后个子肯定像她爸爸。我开玩笑说得,千万像她爸,可千万别像我,她爸一米八,我不穿高跟鞋站他边上,简直就像个小矮人。可芮芮也不要太高了,一米七就够了,女孩子超过一米七五就有点迫人的感觉了,省得男孩子看了不敢追,又不想她去做模特。张忆琳妈妈乐得咯咯笑。

时间在空间的位移里也悄悄前行,快十二点了,该吃午饭了。我们带了方便面还有面包之类的东西,想着待会儿看看餐车里的快餐质量怎么样,好就买一份,不好就干脆吃点方便面算了,反正还有两个多钟头就到了。

餐车来了,先生让乘务员拿一盒快餐过来看看,透过透明的快餐盒盖,看到里面是雪菜毛豆炒鸡块,里面有点红椒丝,还有凉拌海带、油焖茭白,另外是米饭。十块钱一份。我不想买,先生说:"好歹买一份吧,光吃方便面会上火的。"我说:"那就来一份吧。"盒饭味道并不好,美其名曰炒鸡块,其实就几小块鸡骨头,有点辣味而已。"成本估计两块钱都不到,卖十块钱,抢钱呢。"我说。先生说:"这是周瑜打黄盖,又没人强拉你买。"我拿白眼翻他。

我吃了几口就不想吃了,嚷着要吃方便面,先生就去冲开水。他回来就往嘴里扒拉盒饭,居然吃光了,还剩一点菜,我把这些菜拨进方便面里,好歹增点味道,物尽其用吧,丢了也丢了,怪可惜的。

下午两点,到达终点铜陵车站。我抱着芮芮下车,一下车才知道车内车外原来是冰火两重天啊,外面骄阳似火,烈日当空,空气像是裹挟着一股火喷过来,我抱着芮芮逃也似的躲到一块遮阳的地方。先生在一件一件往下搬行李。"要我帮忙吗?"我问。先生说:"你看好芮芮就行,我一个人可以。"

好容易出了站,立刻就有人上来问要不要出租车。我说了目的地问她多少钱,也许她看着我们不像本地人,好蒙,就眼皮也不眨地告诉我说要七十块。我心里暗自庆幸之前问过老爸这一程大致的价钱，老爸说顶多五十块，现在又不是春节。我说："三十五块，走吗？"她做了一个要厥倒的表情，说："三十五块，怎么可能？我油钱都不够啊。"我说："那就算了，反正这里出租车大把，你不去自会有人去。"我作势要找别人，那女司机急了，挡住我说："好了好了，我亏点就亏点吧，这样，加五块四十块可以吧？四十块把你们送到家门口。你看这么热的天，我们也不容易。"她挥着个大毛巾，拼命往脸上扇风。本来我是要一口咬着三十五的，但看她那样子，我心里又有些不忍，想算了吧，不就多五块钱吗？随便什么地方就花了。于是我们上了她的车。

女司机挺开心，一路找话跟我们聊。她说："唉，现在这日子越来越没法混了，肉涨到十四五，小青菜也要两块多，鸡蛋油米面就不用说了。什么都涨，就是工资不涨，老公几百一个月，孩子要读书，我自己没工作，逼得出来开出租。"

她还随口说了个顺口溜，把我们逗乐了："粮油肉蛋快快涨，汽油柴油连续涨，煤气跟着感觉涨，景点门票翻着涨，春运票价年年涨，读书学费暗地涨，商品房价层层涨，房贷利息年年涨，衣食住行都在涨，就是他妈的工资不给涨！"

听到最后我们都笑出声来，今天运气好遇上位侃姐，我还把那则小顺口溜在心里默背了一遍。说得虽然诙谐了点，结尾还粗俗了点，但基本是事实，怪不得屈大夫几千年前就长叹息："哀民生之多艰。"但愿这只是暂时的吧。

（二）到家

先生给爸爸打了电话,告诉他我们在回家的出租车上了,估计半小时内到。

奇怪,无来由地我的心咚咚跳了起来,近乡情更怯,也许是的,我已整两年没回家了。

快到了,快到了,老远就看到爸爸妈妈站在马路边顶着烈日朝这边翘首张望。我按下车窗玻璃,伸出手朝他们使劲挥舞,爸妈看见了,朝这边跑了过来。我生芮芮的时候,妈妈来照顾过我一段日子,分别还不算长,爸爸因为带毕业班忙,所以没来,竟是整两年没见了。第一眼看见爸爸,发现他气色尚好,人也不瘦,精神爽朗,还不错,我放下了心。

爸爸跑上来打开车门,我下了车,抱了抱爸爸,又抱了抱妈妈。爸爸说:"我小女儿回来了,爸爸好开心。"看见芮芮,他喜不自禁,口里一个劲儿地叫着:"哎呀,我大外,我大外,我大外到外婆家来了,太好了!"他伸手就想抱,芮芮一看不对劲,使劲哼唧着往先生怀里躲。爸爸这是第一次见芮芮,一个劲地瞧:"嗯,我大外长得不错,眉清目秀的。"我说芮芮,这是外公,快叫外公。芮芮只是紧抿着小嘴巴不叫,可在家里叫外公叫得不知有多亲。我用手指点了一下芮芮的额头,笑道:"小东西,叶公好龙。"

爸妈领我们先到哥哥家里歇脚。哥的新房子我是第一次来,我楼上楼下跑着看了个遍,干净清爽,该有的现代生活设施都全了,条件还不错,把芮芮放在哥家里,我比较放心。哥去城里办事了,打电话说马上就赶回来。我说:"哥你办你的事,不用惦着我们,我们又不是今天就走,你晚上回来就是了。"

二嫂肚里的宝宝已经不小了,挺着大肚子忙来忙去。我说:"嫂子你别忙了,我们在车上已经吃过中饭了,不用做饭。"嫂子说:"我就煮点面条,煎几个蛋,家里鸡蛋,好吃,火车上吃不好的,我知道。""嫂子,我来帮你。"说着我就要从椅子上起身,却被妈妈一把摁住:"我去,你好好坐着歇一下,坐火车累人。"我也就不争了。

小侄女菡菡在家,我赶紧掏出棒棒糖、大白兔奶糖,还有喜之郎果冻之类的小玩意儿,还有一件粉红色的公主裙。菡菡开心得什么似的,马上换上小裙子,神气活现地转着圈臭美。先生把带来的那些芮芮在家玩的玩具一件件掏出来,母子小鸭、六音琴、拨浪鼓、魔术棒、芭比布娃娃、羊角跳跳球等等,菡菡又高兴得什么似的,芮芮倒也不认表姐的生,一会儿就和表姐一起带劲地玩了起来。

没看见奶奶,我问妈妈,奶奶呢?妈妈说在后面老屋里,天热,没带她过来。我说等会儿吃完饭去看奶奶吧,我也好长时间没看见奶奶了。这次回来得匆忙,没来得及给奶奶准备什么,她喜欢抽香烟,我就买了两条香烟,另外抽空去克丽斯汀西饼屋买了些软软的蛋糕,特地多买了些葡式蛋挞,克丽斯汀的蛋挞味道不错,软软甜甜,最适合没牙的奶奶,她肯定爱吃。

我还带了以前给奶奶买的一双绣花鞋,奶奶裹过小脚,所以也买不到合适的鞋子给她。有一次在陕西南路那里经过一家店,是卖些传统的服饰,诸如蓝印花布啊、旗袍啊、绣花鞋啊之类的,我进去看了看,就看到这种式样的绣花鞋,上面绣着一些好看的小花,碎碎的,我想给奶奶穿应该蛮好,可惜太大了,女老板说可以做小的,叫我过几天来,替我留着。想给奶奶买几身衣服,可是九十岁的奶奶,我实在不知道买什么衣服给她合适,只好作罢。

吃罢饭,我就要爸爸用摩托载我去老屋,先生和芮芮爸说待会儿再来一趟接过去。路上,爸爸开得很慢,还开玩笑说:"后面坐着我的小千金,老爸不敢开快啊。"听了这句玩笑话,我忽然心里一热,看着爸爸后脑勺上的一些白发,想起读书时帮爸爸剪白发的情景,唉,我英俊潇洒的爸爸,终究抵挡不住岁月的侵袭。

到达家门口尚未进门,我一眼看到坐在堂中摇着蒲扇的奶奶。"奶奶!"我喊了一声,奶奶耳朵灵得很,一下转过头来,看着我,也许是我戴着太阳镜的缘故,她没认出来。我赶紧摘下太阳镜,奶奶认出来了:"哎呀,我孙女家来了,我孙女家来了!"然后拉着我的手,仔细地瞧,"养得还好,也白,就是有点瘦。"我说:"瘦好哇,奶奶,苗条好看呀。"我又问奶奶身体好吧,奶奶说:"好得很,好得很。"站在一旁的爸爸说,奶奶身体好着呢,九十岁了,一顿吃得不比他少,走起路来还带小跑。

我拿出给奶奶买的香烟、蛋糕、蛋挞之类的，还有绣花鞋，奶奶惊叹说："这得花多少钱啊？"我说为奶奶花点钱值。爸爸说："这是孙女的一片心，大老远的带回来，你就收着吧，都是你没吃过的新鲜东西。"奶奶的眼睛笑得眯成了一条缝。

　　蛋挞之类的都是新鲜东西，我留了三个蛋挞在外边，把剩下的放进冰箱保鲜盒里。蛋挞要微波炉加热一下热气腾腾的才好吃，可是我发现家里没有微波炉，只好放在碗中搁锅里隔水蒸起来。蒸蛋挞的时候我在想，下次再回来看芮芮时，记着带个微波炉给妈妈，有微波炉热点菜饭什么的也方便点。

　　蛋挞蒸热了，我端到桌上，用小勺子喂给奶奶吃，奶奶吃得很开心，一个劲说："好吃好吃，又软又甜。"看着奶奶饱经沧桑的脸，我想，奶奶九十岁了，希望她能继续健康快乐地生活下去，我们一定要好好对她老人家好。

　　我喂奶奶吃下三只蛋挞，又拆开我带回的香烟，点一根让奶奶尝尝。奶奶从三十岁开始抽烟，一直抽到九十岁，六十年了，一天两包，有时还不够。还记得我小的时候经常给奶奶跑腿去小卖铺买香烟，印象最深的两个牌子是小猫、春秋：小猫的香烟盒子上是两只小猫，一白一黄；春秋的盒子上是战国时期的战车，车辕上坐着个赶车的武士。小猫的一毛五一包；春秋的两毛一包。

　　有时我对科学有点将信将疑，都说吸烟如何如何有损健康，可我就不明白了，奶奶六十年吸烟史，而且早年因为拮据抽的都是劣质烟,可她一年到头连个感冒都少有。如今太太平平地到了九十岁,依然身子骨硬朗得很。这世界上的许多事情,是无法用"科学"二字来解释的吧。

下午,妈妈也回老屋来了,晚饭在老屋吃,妈妈炒了只家养的小土鸡,还有许多刚采摘的蔬菜。吃饭的时候,一家人争着往我和先生碗里夹鸡块,妈妈恨不得把一盆子鸡全倒我碗里来。妈妈还捉了只鸡在鸡笼里,说待会儿杀了冰在冰箱里,我们走的时候带着,回家炒着吃,上海买不到这么好的鸡。我说算了吧,太麻烦了,我们回上海又不是没的吃,再说也没有时间弄。妈妈坚持要我带。我没吱声,等一会儿趁她不注意,我悄悄把鸡笼里的鸡放了,也算放了一回生,让小鸡多活几日吧。

我看不得杀鸡宰猪之类的场面,早年在家妈妈一杀鸡就叫我去捉住鸡翅膀,我不捉又不行,只好闭上眼睛把头扭到一边不看。杀完之后,妈妈拿菜刀在地上画叉叉,边画边念念有词:"小鸡小鸡你别怪,你是阳家一碗菜,脱了毛衣换布衣。""脱了毛衣换布衣",是说让小鸡下回投胎不用做鸡改做人吧,可是做人也一样辛苦啊。人们不是常说,"人是一条苦虫"嘛。看旧小说,县官审案,遇到不肯招供的犯人就一声大喊:"呔!人是苦虫,不打不招!"遂喝令衙役动刑,一阵呼痛之声过后,犯人果然招供。

旧时冬天冷,穷人寒冷难挨,冻死饿死的也不少。从冬至算起,要熬过九九八十一天,才盼到暖和,于是有了数九歌,"一九二九,相唤不出手",熬到"九九八十一,穷汉受罪毕"。终于盼到了天暖,可是"刚要伸脚眠,蚊虫跳蚤来跟前",苦日子没边没沿了。就像在烈日和暴雨之下的骆驼祥子,在酷热难当里拉黄包车,多想有一丝凉风啊。可是一会儿是盼来了凉风,却暴雨如瓢泼,天气骤然变冷,想逃,可那坐车的"像死在了车上,一声不出地任车夫在水里挣命"。到最后,祥子一口气跑回家,抱着火,烤了一阵,哆嗦得像一片风雨中的树叶。人是苦虫,真的。唯有安慰自己先苦后乐,苦尽甘来罢了。

快吃完饭的时候,我忽然听到奶奶看着爸爸的脚说了一句:"小儿子,你的脚不肿了吧?"又察觉爸爸着急地对奶奶使眼色。我的心立刻咯噔一下,第一反应是爸爸有事瞒了我。我没容爸爸反应过来,马上捉过爸爸的脚,脱下皮鞋和袜子,看到脚背上搽了黑黑的东西,估计是什么药膏。我拿眼睛盯着爸爸。妈妈见瞒不过了,才说了出来。原来爸爸被蛇咬了!

一个多星期前,爸爸去田里给稻子打农药,因为天热,所以没有穿胶靴,就赤脚下田去了。快要打完的时候,忽然踩到了什么,接着就感觉脚背一阵疼痛,虽然稻子浓密看不见踩了什么,但爸爸立刻意识到是被蛇咬了! 爸爸赶紧丢下药箱,跑出稻田,看到脚背已经快速地肿胀起来,脚踝处也开始肿了。爸爸还算冷静,立刻从衣服上撕下碎片,将膝盖以下紧紧扎住,然后慢慢走到村里的诊所。不能跑,跑起来血液流动加快,更危险。在诊所做了初步的处理,他马上打车直奔市里的大医院。据医院医生说多亏爸爸自救及时,临危不乱,咬爸爸的蛇毒性不小,否则后果不堪设想。我听了心里异常难过，泪水在眼眶里打转。爸爸的脚背还轻微地肿，有一小块创口，那是被蛇咬的。

家里本来已没有什么田地了，但近两年妈妈又种了几块田。一开始我非常反对，但她说现在什么都贵，种点田最起码口粮保得掉，不用买，另外又不用交农业税交公粮，收多少得多少，还可以养几只小鸡之类的，田不多，不会很累。我想想也有一点道理，就没再怎么反对。打农药是重活儿，尤其是大热天打药，爸爸心疼妈妈，所以自己去打了，就遇到这样的事。

看我这样，爸爸笑笑摸摸我的头："不要紧，不是好了吗？爸爸不好，让小女儿担心了。"我的爸爸，几十年前的大学生，中教特级，却为酷热天气打农药被蛇咬了，叫我怎么不心疼？如果不是因为历史原因爸爸与妈妈结了婚，也许爸爸就不会是现在这样。或许我不该这样想。人的命运有时候是冥冥中注定的，逃不过那双无形的手。如果爸爸不是和妈妈结婚，不就没有我了吗？没有我这样一个人来这世上走一趟了吗？我还是要感谢爸妈，是他们给予我鲜活丰盈的生命。

相聚的时间总是飞快。十一号，星期六，我和先生要回上海了，星期天公司会有车来接他去宁波。

火车是下午两点五十分的。吃完午饭，我们打算动身了，妈妈准备了两大袋土产，我硬是没带，只拿了一小袋炒熟的花生。吃饭的时候我就察觉到先生有点郁郁寡欢了。芮芮用胖胖的小手拍着椅子，意思是她也要坐在椅子上吃饭。

在上海的家中,吃饭时芮芮也是拿小手拍拍椅子,然后小大人似的坐着,小脚还荡啊荡的。先生把芮芮抱到椅子上,喂她吃些饭菜,望着芮芮,眼里溢满怜爱和不舍。我喂芮芮喝汤,我说:"芮芮,学一下母鸡下蛋蛋给妈妈听。""咯—嗒!"芮芮小嘴一动,学起了母鸡叫。"鹦鹉怎么叫啊?""宝贝宝贝。"芮芮声音嫩嫩地学鹦鹉叫。"小猪猪呢怎么叫?""啰啰啰。"芮芮噘起小嘴学小猪叫。一桌人哄堂大笑。

(三)离家

真的要走了。

妈妈怕我们舍不得芮芮难过,体恤地让二嫂把芮芮提前抱到楼上和菡菡玩去了。先生还是忍不住悄悄上楼看一眼芮芮,又悄悄下来,眼睛红红的。我心里也一阵发酸,眼泪忍不住就要流下来,怕爸妈看见,赶紧戴上太阳镜来掩饰。

家人送我们到马路上拦车,爸妈看出了我们的难过,只是一个劲说:"芮芮在家你们放心,我们一定会照顾好,你们好好工作,别挂念,想了就回家来看看,你们多注意身体。"很快就来了一辆回铜陵的出租车,爸爸将将我的头发,说:"从小到大,小女儿都是最努力上进的一个孩子,爸妈一直对你最放心,好好保重身体。"

我们坐进出租车,车开了,我挥手朝爸妈还有哥哥道再会,泪水早已流出，只是太阳镜遮着，他们看不到。先生用双手捂着脸，我知道他不舍得女儿，心里不好受，我也不打扰他，默默地替他摘下眼镜，拿出一张纸巾递给他，又用纸巾替他擦去眼镜片上泪水的雾气。出租车到了铜陵火车站，先生才抬起头，我递过眼镜帮他戴上，我说："别难过了，再撑一年，我们就把芮芮接回来。"

两点五十分，火车准时开动了。

这回没有芮芮的小手来倒腾键盘了，先生拿出笔记本搁膝上做起了事情。看他如此认真，我亦不吵他，乖乖地撑着下巴颏悠悠地看那车窗外的风景。其实我带了书，只是看了几页看不进去，只觉得火车不是天天坐，这车窗外的景色不能天天看，在这样一个景色不断变换的时刻，看书未免有点可惜了，算了，书还是留着下了火车再看吧。

远处连绵的丘陵，片片的稻田，一个接一个的村落人家，还有水潭边单腿立着悠然打盹的白鸟，一身雪白，叫不出名字，有一只掠着波光粼粼的水面优雅地翩然起舞。我希望那就是古诗里的白鹭。我想起温庭筠"数丛沙草群鸥散，万顷江田一鹭飞"的句子。"万顷江田一鹭飞"，一个"万"字，一个"一"字，两字强烈的对比，给人一种无以言说的美。

一直以来，我挺欢喜温庭筠的句子，那首《忆江南》自是欢喜多年。"梳洗罢，独倚望江楼。过尽千帆皆不是，斜晖脉脉水悠悠，肠断白蘋洲。"一个微蹙轻愁的美丽女子，淡彩妆就，于黄昏独倚,面对茫茫一江春水,等待心爱的人所乘的那叶归帆。然而,千帆过尽皆不是啊,心爱的人,你的归帆何时还?真个是悔教夫婿觅封侯呵。

火车到达南京已是近晚上八点了,由车窗极目远眺,古老又年轻的金陵城内灯火璀璨。一直想悠悠闲闲地去南京走一趟。石头城墙、乌衣巷口、秦淮灯影、鸡鸣春晓、台城夕照……哪一个拈出来不就是一首清新的诗?

我很小的时候就读过俞平伯的《桨声灯影里的秦淮河》,"秦淮河姑娘们的靓妆,茉莉的香、白兰花的香、脂粉的香、纱衣裳的香,微波泛滥出甜的暗香。随着她们那些船儿荡,随着我们这船儿荡,随着大大小小一切的船儿荡。……凉风凉月之下,我们背着秦淮河走去,悄默是当然的事了。如回头,河中的繁灯想定是依然,而我们却早已走远……"

那时候,我对这些句子里的场景是多么沉醉呵,想着秦淮人家,想着桨声灯影,小小的心里就发下愿,一定要在这秦淮河里沐着灯影泛轻舟。

提到南京,就不得不提李清照。她出生于书香之家,自小聪颖,文采出众,十八岁与赵明诚结婚。赵乃丞相之子,颇晓文字音律,因有共同语言,夫妻之间感情甚笃。经常二人共读嬉戏,赌书泼茶。二人都博闻强记,家中书籍都是了然于心,于是二人比赛,言某事某句在某书某页某行,回答错了的人,就要将茶水泼一点在胸口衣服上,以示惩罚。赢了的人,拍手盈盈笑。想想那个场景,该是多么温暖。清照此时是个快乐的小女人。《如梦令》里说:"常记溪亭日暮,沉醉不知归路,兴尽晚回舟,误入藕花深处。争渡,争渡,惊起一滩鸥鹭。"小女人的幸福满得要溢了。

谁知天下不太平,改朝换代的阵痛袭来,明诚在逃难途中客死南京。从此,鹣鲽情深不再,清照形影相吊,虽然后来她孤苦一人流落江南,终老异乡,但南京成了她心里永远的伤痛。"风住尘香花已尽,日晚倦梳头,物是人非事事休,欲语泪先流。"千年时光飞逝,千年之后的人们读了这样的句子,也不禁为之心惊与恻然。"谁念西风独自凉,萧萧黄叶闭疏窗,沉思往事立残阳。被酒莫惊春睡重,赌书消得泼茶香,当时只道是寻常。"这是后人写的诗,用了清照与明诚的典故,依然是令人心里微恸。

六朝金粉,繁华依旧。只是,在这片土地上,已经轮流替转过无数场景,朝代更迭,仿佛海面上的泡沫浮浮灭灭。

我望着金陵城内的万家灯火,思绪纷然。对这个城市我有一种无来由的亲,恰如宝玉初见黛玉,径直嚷嚷说:"这个妹妹我是见过的,见着就觉着亲。"

火车在深夜里咣当着将我们带到万丈红尘的上海。走出火车站,扑面而来的霓虹流光溢彩地一路明灭。我却无心欣赏,依然有点郁郁。

"问世间情为何物,直教生死相许?天南地北双飞客,老翅几回寒暑。欢乐趣,离别苦,就中更有痴儿女……"

谁说不是呢?

当年在《神雕侠侣》与《梅花三弄》里看到这几句时,我就颇心有戚戚。

但不管怎样,亦不必去深究情为何物,至少我们的生命里不能没有它。没有了它,我们的生命将是一潭死水,泛不起一点微澜。

如果真是这样,那要这样一个缺少了"情"字的生命又有何意义?

缺少了"情",渺渺万里层云之上,千山暮雪之中,我和先生这天南地北双飞客,那孤寂的身影,究竟要向谁飞去呢?

"二宝"让生活之花更美

我有两个孩子。大宝嘉芮,二宝嘉恬,两宝之间差了7岁。

时间骎骎飞驰,一晃眼三整年将要过去。这三整年,多了一个孩子,无论是对于我自己,还是对于大宝嘉芮,都是一个考验。好在,我与嘉芮都顺利地经受了考验。

最关键的,是如今两个孩子特别地相亲相爱,小嘉恬几乎就成了嘉芮的"小跟屁虫"。

早晨嘉芮出门上学,嘉恬会甜甜地在姐姐脸上亲一口,挥动着小手对姐姐说"拜拜"。下午嘉芮放学回家,在楼下摁门铃,嘉恬飞快地跑过去开门,然后打开门站在门口巴巴地等着姐姐上楼来,嘴里还大声喊:"姐姐,姐姐!"姐姐也在楼梯上一边回应一边噔噔噔地上楼。进了门,姐姐放下书包,嘉恬就已经扑到姐姐怀里了,姐姐大声喊:"姐姐还没洗手,洗好手来抱抱!"晚上姐姐关上房门做作业时,嘉恬基本不吵,以前是吵的,后来告诉她姐姐要做作业,否则明天老师要批评姐姐要打姐姐屁股的,嘉恬就不吵了。晚上睡觉,两姐妹互相搂着脖子一起睡……

常常夜里看她们睡着了,相互搂抱着相亲相爱的小模样,我就觉得当初决定生小二宝是多么正确的决定啊!

无论我们给嘉芮怎样好的物质条件,怎样的父母之爱,怎样的教育环境,都不如给她一个手足之情珍贵。这样的手足之情,无可替代,将会陪伴她长长的一生。

周末,嘉芮会带着嘉恬在小花园里玩,嘉恬走不动了,嘉芮还会背着妹妹去超市买小零食。

朋友和邻居们常常看到嘉芮姐姐和嘉恬妹妹相亲相爱的小模样,都觉得好温馨,都会情不自禁地感叹:"这小姐妹的感情真好啊,嘉芮姐姐真懂事,懂得照顾妹妹。"

自从今年 10 月 29 日二孩政策完全放开之后,许多已有一个孩子的父母都心动了,生不生二胎已经被不少家庭提上了议事日程。但同时遇上了不小的困惑,最重要的,就是大孩子的抵触心理。

我一个相熟的老同事,大孩子是个女孩,今年 13 岁。早在五年前大孩子 8 岁的时候,同事偶然发现自己又怀孕了,觉得这也许是上天的恩赐,就打算把孩子生下来。没想到遭到女儿的强烈反对,女儿甚至扬言:"要是把孩子生下来,我就去跳楼,说到做到,不信试试看!"无奈,妈妈只得去医院中止了妊娠。

其实,类似的例子现在并不少。比如前不久某地有对夫妻想要生一个二宝,无奈大宝不同意,后来给大宝写了保证书:"永远第一喜欢大宝!"这才勉强得到大宝的"恩准"。一个 14 岁的男孩,认为刚刚 1 岁半的小妹妹侵占了父母对自己的爱,竟然趁父母不在家,残忍地将妹妹杀死在摇篮里……

发生这类事件之后,人们大多会以一面之词归罪于孩子,谴责现在的孩子自私、冷酷,没有一点手足情和人情味儿。

可是,我们仔细想想,所有的孩子原本都是一张白纸,为什么现在变得那么自私和冷酷呢? 这一点,家长自己也要反思并且痛定思痛。

就拿前面老同事的 13 岁女儿来说吧,这个孩子现在正读初二,明年就初三了。当母亲因意外怀孕而准备生下宝宝时,竟然以跳楼相威胁,并扬言不信试试看,不顾母亲身体与心灵的严重受伤,硬是逼着母亲打掉了腹中的胎儿,扼杀了一个活生生的小生命。对于一个快要初中毕业的中学生来说,这样的心智是不成熟的,甚至是不正常的。这是"绑架"父母,"绑架"亲情。

十来岁的孩子,为什么就能够做出如此冷酷而自私的举动? 其实,很大程度上应该归结于父母对孩子从小过分的溺爱,说白了,这个孩子就是失败的宠溺教育之下产生的"怪胎"。

同事的家境比较优裕,她父亲在上海开了一家工厂。唯一的女儿出生之后,就成了全家人的小公主,爷爷奶奶外公外婆爸爸妈妈都围着她转,吃的用的玩的,应有尽有,有求必应。女儿从小就养成了任性、自私、为所欲为的性格。

现在有些朋友看我家两个孩子相处得如此和谐,就询问我

是否有什么特别的方法。我想了想,觉得有几点可以值得想要二宝的妈妈们借鉴一下:

一、对大宝从小不要过于放纵溺爱。

有句俗话说:"惯儿不孝,肥田生瘪稻。"意思是说从小太过娇惯的孩子长大往往不懂得孝顺,施肥过度的稻苗往往长出来的是瘪稻谷。独生子女往往被"4＋2"包围,要月亮不给星星,这不是在爱孩子,这是在害孩子。

爱孩子要爱在心里,不可过分溺爱,要从小对孩子进行爱的教育、品德教育,教育孩子懂得尊重,懂得分享,懂得包容,当孩子做错事时要给予适当的惩罚与批评,有意识地培养孩子的心理耐挫力,提高孩子今后的社会适应力。

二、对大宝要提前"打预防针"。

对于大宝来说,自己一个人独占祖辈及父母的爱已经数年甚至十几年了,突然冒出一个小不点入侵了他(她)的"领地",分享甚至更多地占有了原本属于自己的爱,心里有不适应或不舒服也属于正常心理。

所以,就要将这个"突然"尽量变成一个舒缓的"自然"过程。

我怀上小二宝嘉恬是 2012 年 3 月份左右。其实差不多在此前的两三年时间里,我就常常在不经意中给大宝嘉芮讲有弟妹手足的好处了。

2009 年嘉芮 4 岁多,那时她喜欢看动画片《葫芦娃》,特别喜欢七个可爱的小葫芦兄弟。看到葫芦小兄弟们相亲相爱,互帮互助,齐心协力打败蛇精和蝎子精救出爷爷的感人过程,我就经常不失时机地说:"芮宝你看有兄弟姐妹多好啊,如果只有一个葫芦娃,该多孤单多可怜啊,被妖精捉住也没有人去救他了。"

带她在外面玩的时候,我会引导她去与比她小的小弟弟小妹妹玩,并告诉她,芮芮是最懂事的姐姐,要懂得照顾弟弟妹妹。

经过这样的疏导与铺垫,等到嘉芮7岁时告诉她妈妈准备给她生个可爱的小弟弟或小妹妹,她还高兴得手舞足蹈呢。十月怀胎期间,嘉芮不仅懂得照顾妈妈,还经常怜爱地抚摸肚子里的宝宝,与宝宝说话。

嘉恬出生时,嘉芮欢呼雀跃地跑到医院去看妹妹,在妹妹小脸上亲了又亲。

三、二宝出生后,要尽量做好两个宝宝之间情感与物质的双重平衡。

这点非常重要。

有些家庭有了第二个孩子之后,因为二宝小,全家上下都只围着二宝忙得不亦乐乎,无形中忽略或冷落了大宝。原本大宝作为独生子女,习惯了全家老小围着自己打转的情境,如今却被这样一个小生命给分享甚至全霸占了,孩子内心很容易产生失衡。这个时候,怎么办呢?其实是有妥善的解决办法的。

首先要对大宝进行安慰和解释。

我生嘉恬之后,坐月子期间自然把精力和时间大部分放在二宝身上了,但我及时对嘉芮做出了安慰和解释。我告诉她,爸爸妈妈一如既往地爱芮芮,现在妹妹小,需要更多的照顾,好好照顾妹妹,妹妹快快长大,就可以陪嘉芮玩了。

其次要让大宝参与照顾二宝,增强她当姐姐的自豪感和责任感。

嘉恬出生之后,我常常对嘉芮进行"身份确认",就是让她认识到自己现在是姐姐了,要有姐姐的责任感了。让她参与照顾妹妹,如帮妹妹拿小衣服,拿尿片,拿奶粉,等等,在共同照顾妹妹的过程中,不仅不让她感觉孤单和受冷落,而且还让她有一种当姐姐的自豪感和责任感。

当上姐姐之后,嘉芮变得更加懂事,也更加独立了。我常常对她说:"芮芮你现在是姐姐了,你的行为对妹妹产生着潜移默化的影响,你学好她就学好,你要当好榜样,要有责任感啊!"

另外,在物质上尽量做到均衡。

比如买什么吃的东西,尽量买两份,一人一份。嘉芮有时候心疼嘉恬,把自己的省出来一点给嘉恬,我不反对,但也不鼓励。我从来不说:"你是姐姐,妹妹比你小,你一定要让着妹妹。"经常在外面会听到有家长这样说话,个人认为这是不太妥当的,这样久而久之,会让二宝有这样的错觉:不管什么东西,姐姐都得让着我,因为我比她小,理所应当。处理得不好,二宝以后就会欺负大宝。这不可取。

记得三年前,2012 年 12 月初,我在小二宝嘉恬出生的前两天写了一篇文章叫《期待你的啼哭像天籁》，文中说了以下这段话。今天我重温这些文字，心里还是有丝丝暖流在涌动：

"小二宝，妈妈怎能不知，如果只有嘉芮姐姐一个宝宝，妈妈会轻松很多很多。现在芮姐姐已经上小学了，懂事了，只需学习上多费些心思就可以了。而你的到来，会占据妈妈太多太多的精力与时间，会耽误妈妈做很多很多事情，也会让妈妈不得不放弃许多原本可以做的事情。

"而且，在上海这个快节奏、高消费的都市，你的到来，也无疑会在经济上增加不小的开支与负担……

"这些，妈妈都考虑过。可是，妈妈还是决定迎接你的到来。妈妈愿意在生命的长河中，有两个亲爱的宝宝陪伴妈妈一起度过。

"付出固然是辛苦的，然而，妈妈相信，妈妈收获的是两个宝宝对妈妈诚挚的爱。

"妈妈想着，要不了多少年，你与芮姐姐都会长得超过了妈妈的个头，那时候，你们俩一左一右牵着妈妈的手，我们幸福地走在一起。妈妈相信，那时的妈妈，一定依然年轻，依然美丽……"

有了小恬宝之后，先生也非常开心，常常说觉得生活更有奔头，工作更有劲头了。看到两个宝宝相亲相爱、你侬我侬、叽叽喳喳的样子，他常常笑得合不拢嘴。

是啊，无可替代的手足之情，不仅是童年、少年时的相伴相戏,更是长大之后的相商相量,相帮相助,相依相携……

芮芮和恬恬这一生,不会孤单,不会无助。

诚如文中所说,我的确为小二宝的到来付出了很多很多。但是,有付出才有收获,只有用汗水浇灌出来的生活之花才会最美,不是吗?

而小二宝何尝不是那朵美丽的生活之花呢?

这朵生活之花插在我的鬓发之间,让我更加美丽,更加自信,更加神采飞扬!

闰年鞋，女儿心

打电话回去问候妈妈，妈妈想说什么又没说出来，我听出了妈妈的欲言又止，赶紧问："妈，是不是有什么事情要说?"妈妈有点不好意思地说："今年是闰年，农历闰四月，老话讲，闰年鞋，闰年穿，闰年老人活一千。出嫁的女儿要给爸妈买双鞋，讨个吉利，妈妈不太好意思开口让你花钱呢。"我嗔怪着妈妈说："妈，看你说的，是我不好，事情多没留心这事，妈妈一定要告诉我才知道的啊。"

爸爸的鞋很好买，好点的透气点的皮鞋就成。妈妈的却不好买，因为妈妈双脚上都有大脚骨(大脚骨就是大拇指根部的骨头向外长，鼓出一个包)。妈妈脚上的那个骨头包差不多有一个鸽子蛋大，所以鞋很不好买。

鞋店的人告诉我，这样的大脚骨最好专门定做一双鞋。

女儿出生后不久，妈妈在上海住过一阵子，我特地带她到医院去检查这个大脚骨。我问医生这到底是什么原因，医生说有遗传的原因,也有长期从事重体力劳动的原因。

妈妈自言自语地说外公外婆都没有大脚骨啊。我一听,心里就一酸——妈妈的大脚骨是几十年干沉重的农活儿得的啊。还有她小腿上像蜷曲蚯蚓一样的静脉曲张,也是在初春和晚秋的水稻田冷水里浸的啊。

爸爸几十年在离家几十里的学校任教,农活儿当然也做,毕竟离得远加上工作忙,也只能帮凑帮凑妈妈罢了。我们三个孩子,也是从小就上学,除了放假能帮帮妈妈外,家里那么多田地,几十年来,几乎都是妈妈在辛苦承担。

如今我们几个孩子都长大了,却都在各自顶着一片天空过着自己的日子。"人骷髅难顶",这是我们经常听到的一句话,是说人活一辈子不容易,要昂昂然地顶起脖子上这个头,不容易呢,要经过多少风霜和雨雪! 想更多地照顾已近花甲的妈妈,我却常常有力不从心的感觉。

以前,一个朋友说他们一家人几十年都穿着妈妈做的布鞋走过那些艰难的日子。后来,他长大了,有一天路过鞋店,想给妈妈买一双鞋,却怎么也想不起来妈妈到底穿多大码的鞋子。朋友怕打电话问妈妈她会伤心,就打电话问爸爸,爸爸说:"哎呀我还真不知道呢。"问其他四个兄弟姐妹,竟然也是一个都不知道。

朋友后来问我:"你知道你妈妈穿多大码的鞋吗?"

我支吾着,37 码……38 码……也可能是 39 码吧,哎呀,还真不太清楚……

那一刻，我汗流浃背——妈妈用千针线万针线熨暖了我们的脚，而我们呢？

天下又有多少做孩子的不知道妈妈的鞋码呢？

我打电话对妈妈说："妈，我给你定做了一双鞋，应该合脚。妈有大脚骨，别太累了，鞋子过几天给你寄回去。"

妈妈说："别担心妈，妈知道歇着，妈在家里好得很，只要你们在外头过得好，妈就高兴。"

可是我知道妈妈还是没得歇着，油菜要收割了，早稻要插秧了，棉花要育苗了……

只盼望着，我寄回去的鞋子，能让妈妈在干活儿时脚舒服些。

因为鞋里面，有女儿的一颗心，熨暖妈妈的脚心。

别忘了回首给妈妈一个微笑

芮芮满 4 岁,就让她一个人睡小床了。但天气转冷时怕她一个人睡会冷,我就让她跟我一起睡到大床上。这几晚芮芮忽然提出要一个人睡小床,我也没多问,就给她添了床厚点的被子,让她睡小床了。

早晨芮芮起床了,对我说:"妈妈早安。"我在给她准备早餐,问她:"芮芮早安,昨晚睡得好吗? 冷不冷?""不冷,妈妈。""芮芮,怎么这几天忽然不愿跟妈妈睡大床了,是不是妈妈晚睡吵到你了?""不是的。是妈妈很辛苦,晚上还要写文章,我跟妈妈睡会吵到妈妈的……"

我正在忙早餐的手,忽地停住。

芮芮在洗手间刷牙,我望着她,走过去,摸摸她圆圆的小脸和柔软的头发。我没有作声,心里却有一种温暖得想流泪的感觉——虚岁 6 岁的女儿,仿佛一夜之间就长大了。

我还清晰地记得在医院确认腹中有个小生命那一刻,既忐忐又激动的心情;记得第一次听到胎心监测仪中,传来擂鼓般的胎儿心跳声;记得上下班路上轻轻跟小生命说话唱歌;记得她的"拳打脚踢";记得半夜救护车在空旷的高架路上飞驰;记得待产室里幽暗的灯光和此起彼伏的呼痛声;记得被推进产房手术时手心里的冷汗和战栗;记得第一声清亮的婴啼;记得医生托着她的小屁股,过来对我说:"看看,是个小妹妹!";记得她初生时后脑勺上乌黑浓密的头发,那是我怀她时拼命吃黑芝麻和核桃的成果;记得她哇哇大哭时,我惊喜地发现她竟然有着一对深深的小酒窝;记得她的坐、爬、站、走、跑、说、唱……

一切一切,犹在眼前。

仿佛眨眼间,她长成了扎两个小刷辫的秀丽小姑娘。

时光之手,无所不能。

送她去上学时,我常会不由自主地想到龙应台说她送儿子华安上学时的情景。龙应台说,上课铃声一响,在那么多穿梭纷乱的孩子里,她一样能无比清楚地看到自己孩子的背影。华安背着一个五颜六色的大书包,但是他不断回头,好像穿越一条无边无际的时空长河,母子的视线与凝望在隔空交会,然后,她看着华安的背影消失在门里。

在纷乱的人群里照样能无比准确地看到自己孩子的背影,做妈妈的总有这个"特异功能",好像一百个婴儿同时哭声大作,妈妈仍旧能准确辨别哪个是自己孩子的哭声。

在与孩子关联的世界里,做妈妈的会立刻神奇地拥有千里眼顺风耳。

我也如此。每次送女儿上学，在离开教室的一瞬间我会回头，在许多的小脑瓜中总是无比精准地看到女儿的笑脸——她也在回头向我笑着道别。

龙应台的儿子现在长大成人了。然而，龙应台却不无失落地说，儿子16岁时要到美国学习一年，16岁的儿子已经长得高高大大，她的头只贴到儿子胸口了。在儿子排队等候护照检验时，她站在外面目不转睛看着儿子的背影一寸寸向前挪，终于轮到儿子了，检验好护照，儿子闪入一扇门，倏乎不见。

龙应台说，站在外面的她一直在等候，等候儿子在消失之前回头看她一眼，然而，没有，一次都没有。

儿子21岁时上的大学正好是她任教的大学，即使是同路，儿子也不愿坐她的车，就算偶尔坐了，也是塞上耳机听他一个人的音乐，而对近在咫尺的母亲关上那扇心门。

虽然龙应台是一位著名作家，然而，她终究也是一位母亲。那种只有母亲才能体会的淡淡落寞，像袅袅的雾，在她的字里行间，缭绕迂回。

我不知道，如今我的女儿那纯真的笑脸，以及对妈妈不断回头的留恋与不舍，在若干年后，会不会也随着年龄的增长而渐渐减少甚至消失，或者，如蜘蛛网落花，只是略微保留一点春的痕迹而已。

如果，真的如龙应台感受的那样："所谓父女母子一场，只不过意味着,你和他的缘分就是今生今世不断地在目送他的背影渐行渐远,你站立在小路的这一端,看着他逐渐消失在小路转弯处,而且,他用背影默默告诉你:不必追。"

——那将是多么令人伤怀的事。

我想告诉女儿:女儿,你一天天长大,一天天美丽。但是,能否,永远不会让妈妈目送你的背影渐行渐远? 能否,在你长大的时候,能够回首给妈妈一个温暖的微笑?

思念，在夜色周庄里飞升

春末夏初这个如水的江南夜里，我在周庄。

是公司组织的集体旅游。同事们迷醉于周庄旖旎的夜景之时，我却无心留恋周庄迷蒙的夜色，匆匆去买了两只周庄万三蹄，想送给我远在安徽乡村的外婆吃。

可是，我的外婆却没有吃到。

当我风尘仆仆地将两只周庄万三蹄蒸热，端到外婆床前时，外婆已经无力张嘴。

两小时后，外婆与我幽冥永隔。

我端着两只红糯的周庄万三蹄，泪落碗中。泪水溅起的万三蹄油花，倒映出周庄迷离的灯火夜色。

我知道，那夜色，那灯火，在很长一段时间内，我将不敢再去触碰。怕，碰疼了心里的伤。

……

时隔十年，我再次与周庄遭逢，遭逢在这样一个春末夏初的周庄之夜。

樱桃红了八遭，芭蕉绿了八趟。外婆化成渺渺飞鸿已八年时光。八年时光，伤疤犹在，那钝痛稍稍减轻，使我有勇气再踏入周庄的夜色之中。

到了周庄，不到双桥，那是一种遗憾，好比说到上海不到外滩，到北京不到天安门一样，会有人说，你白来了一趟。所以，我来到了双桥。

这两座小小的古桥，因为一位叫陈逸飞的人，因为他的一幅名为《故乡的回忆》的油画，芳名远播异域海外。

1984 年，美国石油大亨哈默看到这幅《故乡的回忆》后爱不释手，同年又将之作为外交礼物隆重赠予邓小平。

从此，周庄，这个养在深闺人未识的梦里水乡，终究是天生丽质难自弃，如一朵淡香雅容的芙蕖，盛开于世人眼前，令世人为她的美一次次流连，一次次入梦。

双桥，桥形一横一竖，桥孔一圆一方，就这样静静地相互枕着对方的背，默默承载数百年的风雨和一代代周庄人与水相伴的足印。

我立于小桥上，环顾四围，风景旧曾谙。

虽是入夜，但沿河的红灯笼将身影倒映在河中，这红灯笼以及倒影的光亮，让夜色周庄仍旧景致历历。

当橹声欸乃、小舟轻摇而来之时，那舟行的轨迹与木橹的划痕一起，搅碎了水面上的红灯笼，光波摇曳，流动的河水就成了色彩斑斓的光带。

当小舟远去，橹声消逝之时，河水复又平静，那水底的红灯笼就一个接一个复归原形，此时，仿佛天上一个街市，水底亦有一个街市。一千多年前，欧阳修在西湖上泛舟，写道："行云却在行舟下，空水澄鲜，俯仰留连，疑是湖中别有天。"而今夜，在周庄，亦是，灯笼却在河水下，空水澄鲜，俯仰留连，疑是湖中别有街。

夜风中我立于桥上，耳中隐约传来悦耳的水流漱玉之声。前两天刚刚下过雨，我猜想是街角哪里有个清浅的小溪，正在潺潺地往河里淌着水。

这样的清浅淌水之声，如此鲜明地刻在我童年的记忆里，那是因为，我的童年，也是在皖南一个水乡小村度过，那里是外婆的村庄。外婆的屋后就是一条小河，四载寒暑，那里潺潺之声不绝于耳。夏夜，在后院纳凉，外婆为我轻摇蒲扇赶蚊子，那潺潺之声伴我入梦……这童年的一切都深深镌刻在我的心上，一刻也不敢忘，总想着长大了要好好报答外婆的亲恩。

2004年5月的一天，母亲给远在上海的我打电话，她哽咽着说外婆病重，可能撑不了多久了，我当时就怔在那里。母亲说，自己除了伤心之外，更多的是可怜外婆，可怜她老人家被关节炎、肩周炎等病痛折磨了两年多，几个舅舅因为经济窘迫，自顾不暇，没能及时送外婆去医院治疗，只是让村里的赤脚医生给外婆开了些止痛片对付着。而她这个女儿远嫁他乡，隔山隔水，难得回娘家一趟。一个多月前，母亲捉了两只老母鸡去看她，老人家可能是长久粗茶淡饭，肚里没有油水，母亲炖了只鸡，才炖了七八成熟，外婆硬是要了一只鸡腿吃下去了，吃得太快，噎得泪水直冒……母亲哽咽着说不下去了。

母亲身体不大好，2003 年刚动过一次大手术，身体还未调息过来，外婆又病重，我很怕她经不住这打击。我理解母亲的心情。记得老舍先生在一篇纪念他母亲的文章中说："人，即使活到八九十岁，有母亲便可以多少还有点孩子气，失了慈母便像花插在瓶子里，虽然还有色有香，却失去了根。有母亲的人，心里是安定的。"

我的泪也下来了，我说我回去看外婆。带点什么东西给外婆吃呢？正好公司组织去周庄春游，我听同事说周庄的万三蹄肉质酥香，入口即化，很适合没牙的老人家吃，我就决定买了周庄万三蹄之后马上回去看外婆。

没想到，外婆不等我了。我赶到外婆的病床前时，外婆已处于弥留之际。我把蒸热的周庄万三蹄端到外婆嘴边时，外婆已经不能张嘴。

自外婆去世后，我就陷入了深深的自责中。2003 年春节回家的时候，母亲带我去了趟外婆家，那时外婆已经躺在床上了，但精神尚好，只是身上疼痛。我许诺不久会带她到上海来看病，要彻底治好她的病，外婆当时乐呵呵的，直说我孝顺。可是到了上海后，又是日复一日地为生活疲于奔忙，2003 年刚刚在上海安了个家，手头又拮据了。打电话回家，母亲说外婆身体还好，我就想着等手头宽裕点时,再接外婆来看病吧。可我万万没有想到,外婆就这样匆匆地走了!只不过是小小的关节炎、肩周炎而已,如果我早点接她来看病,她绝不会这样匆匆地离开人世。"子欲养而亲不待",这是人生莫大的伤痛。我遗憾,我痛悔,我自责,可一切已于事无补。我只能眼睁睁看着外婆飞鸿渺渺的身影离我而去,永不回头。从此幽冥永隔,无限思念,无限怅惘。

一晃,外婆离开八年了。八年后的今夜,在周庄,我还想去三毛茶楼。

八年前,我就想去三毛茶楼,然而,那一次是集体活动,匆忙之中便错过了。

想去三毛茶楼,除了因为我如三毛一样也是一个喜欢将自己的思想化为文字在笔尖流淌的女子之外,还有一个原因就是,我从三毛身上,能够反思到如何真正地珍惜我们生命中的亲情与亲人。

三毛有爱她至深的荷西,当荷西离世之后,三毛就用一根丝袜结束了自己 48 岁的人生。

可是我想起三毛曾在一篇文章里说,她都 30 多岁了,她单独上街的时候,她妈妈还一定会在后面追出门来,一再叮嘱:"绿灯才可以过街,红灯要停步,不要忘了,很危险的呀!"三毛会很烦地冲她妈妈嚷:"烦不烦哪,我又不是小孩子了!"可是当她真的在一盏红灯前停住的时候,想起妈妈的话,眼泪却止不住地流下来,心里说:"妈妈,我会听你的话,你看,我停步了。"

逝者已去，我们不知道，三毛如何忍下心让如此爱她的妈妈白发人送黑发人。

夜色中的周庄中市街69号。

一片古色古香的茶楼，临河高高挑起一幅黄色的灯笼形帘子，上书"三毛茶楼"。

走进去，打眼到处都是她的照片、她的书、她的信件，还有一些怀念她的文章。

三毛，这个谜一样的、飘忽如云的知性女子，算不得美丽耀目，可是，她的才华、她的智慧、她的知性，却美丽得那样不可方物。

我看到她写给王洛宾的话："闭上眼睛，全是你的影子，没有办法，没有办法……"

这是一种什么样的痛！只有经历了，才会永生记得。

三毛在她的《蓦然回首》里说："我向他跨近了一步，微笑着伸出双手，就这一步，二十年的光阴飞逝，心中如电如幻如梦，流去的岁月了无痕迹，而我，跌进时光的隧道里，又变回了那年冬天的孩子——情怯依旧。"

在流浪的那些日子里，她把经历的所有苦痛，经历的所有沧桑，用心的汁液将它们层层包裹，严丝合缝，然后，以一种毅然决然的态度，于岑寂之中，将之打磨成一颗一颗粲然的珠。

一种蚌病成珠的美，美得凄然，美得不忍卒视。

空气中飘浮着齐豫的歌声："不要问我从哪里来，我的故乡在远方,为什么流浪,流浪远方,流浪……"

从三毛茶楼里步出,耳际还有若隐若现的歌声。那样的歌声,听来不真实,仿佛来自遥远的天际。"江天一色无纤尘,皎皎空中孤月轮。"是的,就是这种明河共影、身心俱澄澈的感觉。犹霜天白菊,美,穿透人的心灵。

我独自在周庄的小街上慢慢地行走,一路都可看到声名远播的"万三蹄"。但我知道,要吃正宗的万三蹄还得到南市街的沈厅酒家去吃。

这道菜本是江南巨富沈万三家的私房菜,是用上好的蹄髈文火慢熬,熬至稔熟香透,入口滋味无穷。

当年,沈万三为地方巨富,朱元璋有次游玩江南后在沈万三家中用膳,席间有道菜就是蹄髈。皇帝问这道菜叫什么名字,沈万三机智过人,他知道皇帝姓朱,千万不能说这是猪蹄,为尊者讳,说错了是要杀头的。

情急之下,他灵机一动说,此乃万三蹄!皇帝盯着这蹄髈说这么大,怎么夹着吃啊?那时候,在皇帝面前是万万不能用刀子的,沈万三就从蹄髈里抽出两根骨头,以骨代刀,将蹄髈细细切分,以便于皇帝夹食。皇帝送肉入口,只觉甘醇细糯,入口绵香,微甜而不腻,于是赞不绝口。从此,万三蹄名声日盛。

沈万三居于周庄,而周庄毗邻京杭大运河、长江口、杭州湾这些水路要塞,同时又得苏杭地势之利,沈万三将苏杭丝绸、陶瓷、鱼米及精美工艺品远销四方,成就了他的富甲一方。

我在沈厅看到的沈家，也还算朴素，没有寻常大户人家那种飞扬跋扈的猖狂劲。

但是即便如此，沈万三还是因为他的财富而丢了一切，可谓成也萧何，败也萧何。

明太祖朱元璋夺得天下定都南京后，想着要修建牢固的城墙以保都城平安。一道圣旨下给江南巨富沈万三，沈万三立即出巨资修建了三分之一的城墙。

沈万三本意是想与皇帝拉好关系，日后好顺风顺水。错就错在他聪明反被聪明误，他想更进一步拉近与朱皇帝的关系，便又自作聪明地拿出巨款来犒赏军队。

这让心胸本就狭小的朱皇帝非常不爽，认为沈万三在自己面前故意摆阔耍威风——我堂堂大明的大军，该由我皇帝御笔犒赏，啥时候轮到你沈万三来抢我风头？活得不耐烦了！遂下令斩首沈万三，后有人从中说情，方改发配云南蛮荒之地。

可怜沈万三江南鱼米之乡的娇贵身子，哪里经得了蛮荒之地的摧残？不久便含恨而殁。

在小街上，我买了一把绢质团扇，团扇是店主当场为我画的，他问我四大美人中喜欢谁，我顺口说就画昭君吧。"一去紫台连朔漠，独留青冢向黄昏。"多默念几遍，便会有凉气幽幽升起。

那店主手执小狼毫，寥寥几笔，一幅昭君出塞图便跃然扇上。昭君怀抱琵琶，有泪盈盈，泫然欲下。店主又用小狼毫写下我的名字,题上某年某月某日于周庄。

我又买了一个扁担挑着的两只小水桶,小水桶是用细竹竿做的,系水桶的是两根细细的红丝带。我忽地想起,在童年时的夕阳余晖之下,外婆挑着一担水,牵着我的小手。这样的画面,定格成我此生再也无法走入的梦境。

夜色中的周庄是宁静的,我喜欢这样的宁静,正如一位诗人说:"周庄是容不得嘈杂的,我愿在静默中沉入周庄的水底。"

远眺,夜色中,河水的两边,一家挨一家的小铺庄,门檐那里挑出去一幅布帘,在晚风中轻轻地摇。走着走着,会有一种恍然的幻觉,会觉得自己变成了张择端《清明上河图》里的一位束发长衣的宋人。

在这样的夜色里,那边的河埠头,还有几个拿着画板写生的人,是美院学生,或是纯粹的艺术爱好者?他们只是,爱这里的桥,爱这里的水,爱这里的小街,爱这里的红灯笼。

我立于这小街上顾盼,静静地看那河水、河水上的小舟,是否,这一幕也成了他们画里的一帧风景?

蒋捷说:"一片春愁待酒浇。江上舟摇,楼上帘招。秋娘渡与泰娘桥,风又飘飘,雨又萧萧。"眼前的周庄夜色——灯笼、小铺、三毛茶楼、沈厅、布帘、水上小舟、舟上小桥……

只是,今夜的周庄,有微风。没有雨,亦没有春愁。

有的只是,我心里对飞鸿渺渺的外婆,一缕淡淡的思念,在这周庄迷离的夜色里,缓缓飞升、飞升……

因字，惊秋；因情，不惊秋

古语说："年怕中秋月怕半。"仿佛这一年除夕的爆竹声犹在耳边，猛一睁耳，却发现阶前已黄叶萧萧如故垒芦荻了。真的是——"未觉池塘春草梦，阶前梧叶已秋声"啊。

秋心、秋思、秋绪，诸种怅惘如同三秋桂子一般，浓烈、无孔不入，提醒我秋的气息无处不在，就连我观赏字画的间隙也是萦怀不已。

那天，在外滩三号观字画，一幅名家作品《秋色》上配着一首诗："青青园中葵，朝露待日晞。阳春布德泽，万物生光辉。常恐秋节至，焜黄华叶衰。百川东到海，何时复西归。少壮不努力，老大徒伤悲。"

因为字写得斗大，笔力饱满遒劲，看到"老"字的时候，我心里不由得一震。

"老"，上面是一抔土，下面是一把岁月的匕首，中间是半边的人，还有半边人到哪儿去了——是被上面的土一点一点掩埋了，是被下边的岁月飞刀一点一点斫削了。我愈看愈惊心。仿佛瞬间，黄口小儿成了龙钟翁媪。果然是岁月如飞刀，刀刀催人老。

人生在那岁月飞刀的斫削里，日渐单薄，日渐寒凉——因字而惊秋啊。

此时，唯有温热的"情"字能煨暖我们的心。

"闲云潭影日悠悠，物换星移几度秋。"太阳的影子在缓缓移动，日子一天天过去，时间这东西好像一心一意要把青春从人们的脸上夺走。时常揽镜自照，忍不住也顾影自怜起来。

春节回老家，看到一些比我高一头的小伙子，我觉得似曾相识却又想不起来。一问母亲，我才惊叫道："呀，是他啊，都长这么高啦！"他们的影子在我心里还是那些光着屁股蛋儿打水仗的捣蛋鬼，而不是眼前这些高高大大、帅帅气气的小伙子。

古人诗云："去日儿童皆长大，昔年亲友半凋零。"细细品味这两句诗，会品出一些人生萧瑟的凉意来。

深夜，我独坐灯下，四围天籁寂寂。良久于书中抬起头，蓦然之间便有一阵寂寞如潮水般涌过来，那寂寞是哗哗哗地冲过来的，淹没了我，淹没了房间。此时，脑中突然明了一直盘踞在心头的那种感觉，用一个词形容就是：浮生若梦。

然而，不管浮生是否若梦，那些实实在在握在掌心的感情，足以温暖我们的心，足以温暖这个清冷的深秋。

生日还有一个月，母亲就一遍遍提醒我："别光顾着忙事情，要记着生日那天吃点好的。"时至今日,在母亲纯朴的内心,"生日"仍是"吃点好的"的代名词。母亲常说:"以前因为家庭条件不好亏待了小女儿,几个月也吃不上一块肉,生日连个鸡蛋也不舍得煮给你吃,妈妈现在越想越觉得亏欠女儿太多。"

妈妈请不要这样说,是你给了我生命,赐予我在这个世界上走一趟的机会,如果说亏欠,那些条件不好的年头里,你自己又何曾几个月吃过一片肉?那是时代的局限,不是你的错。再说,正因为体验过那些遥远的昨日,才更珍惜今日的光阴。

我从不注重生日怎么过,然而生日的时候,收到亲人的祝福,还是幸福的。

清晨我起床晨读、做早餐,芮芮说:"妈妈晚上睡晚了,早上还要早起,辛苦了。"然后用胖嘟嘟的小胳膊环住我的脖子,"宝宝爱妈妈。"那一刻,我心内热流涌动。

我从小俭朴惯了,贵点的东西就不舍得为自己买,为这,先生说过我多少回,可我就是本性难改。数月前与他一起逛街,看到一款非常小巧时尚的笔记本电脑,看我喜欢,他要买,我一看价钱拉他就走,我说这价钱能买三个笔记本啦!再说单位、家里都有电脑,没必要再买笔记本了。过了几天,我的书房电脑台上突然多了一只漂亮的笔记本。打开,里面夹着一张小字条:"最初那些年,让你受苦了,我一直心怀内疚。看到你不舍得买这笔记本,我非常心酸,我们早已不是最初的条件了,你不要再省了好吗?我把笔记本买来了,你写文章也能更方便。我会好好照顾你,执子之手,与子偕老。"

这个理工科出身的"文盲"在我的"熏陶"下竟然也会"文"一点了。想起,我曾戏称他"文学盲",简称"文盲",他也不恼,拍拍我的脑袋:"咱家只要这个小脑袋是'文豪'就够了。咱们都成'文豪'可不行,一山难容二虎啊!所以,敝人决定弃文从武……"

"春去秋来,岁月如流,游子伤漂泊。"在我异乡漂泊的春夏秋冬里,在我累了倦了的时候,是他环臂为港,将我呵护其中,给我亦夫亦兄的疼惜。

光阴催短景,恍然回首,在他的呵护之下,我们已一起走过不少年头了。弘一法师说:"天之涯,地之角,知交半零落,一壶浊酒尽余欢,今宵别梦寒。"但愿,无论人事如何零落,我们都永不会有"零落"的寒意。

回头再看文章初始的那首诗:"青青园中葵,朝露待日晞。阳春布德泽,万物生光辉。""青""春"二字,细细看来,"青"字下面有月,"春"字下面有日,日月光华,皆尽我有,所以,就算是在秋境,只要生命里有暖暖的"情"字,仍可以拥有晴空一鹤排云上的奔放与热烈,仍可拥有直引碧霄的诗情。

虽说青春好比吸烟,烟在飞扬,烟灰在坠落,然而在这飞扬和坠落的过程里,我们尽情挥洒了真情,燃烧了生命,于是,便未留遗憾,笑对秋声。

在岁月喉咙中喑哑

　　那天经过小区花园看到端午槿花已经开得如火如荼，我才恍然惊觉：时光如白驹过隙，又一个端午来临了。感叹时光飞逝的同时，心头掠过一些难言的伤怀——快二十年了啊，也就是这个时节，我敬爱的爷爷离开了我们。幽冥永隔，我已无法听到他老人家喑哑在岁月喉咙中的声音，更无法眺望到他飞鸿冥冥的身影了，只有一丝永恒的牵念，在我祈祷的心中萦绕。

　　爷爷是个瘦小的老头，但瘦得很有风骨，总是那么精神矍铄，双目有神，颇有道家老者的风范。小时候，我们最爱听爷爷讲故事，讲书上的，也讲他自己的。爷爷给我们讲孙猴子大闹天宫、猪八戒高老庄背媳妇儿、席方平赴阴司为父申冤、杜十娘怒沉百宝箱……爷爷讲得头头是道，有趣得很，我们瞪大了眼睛听，有时竟忘了去吃饭。现在想来，我最初的文学营养，竟是从爷爷那些故事中汲取的。

　　爷爷还给我们讲他自己的故事。爷爷的祖辈曾经是在朝廷为官的，可到他父亲那一辈，家道中落，生活渐渐困窘了。爷爷从小做过苦力，讨过饭，后来又被国民党强行征了兵。在那兵荒马乱的年月里，为了活命，爷爷就与奶奶一起逃到我们现在的村庄。——那时还不能叫村庄，只是一片茫茫的芦苇荡，爷爷就与奶奶一起砍芦苇搭小屋，开垦一点荒地，带着七个孩子苦熬日月。有时运气不好，碰上打劫的土匪，仅有的一点粮食也被抢走了。可爷爷很能干，横竖都能将孩子们的小肚皮哄个半饱。

从我记事起，爷爷就总是驾着一只小鸭溜子（江南水乡一种打鱼的小船），从河里漂到湖里，又从湖里漂到江里。即使是青黄不接的时候，我们的饭桌上也都会有一碗鱼呀、虾呀什么的。每到西风吹蟹壳黄的时候，爷爷的小篓里总是满满的，倒出来，看到那些蟹将军张牙舞爪、吐着泡泡、横冲直撞的样子，我们都拍手直乐。

爷爷也乐呵呵地笑，疼爱地捏捏这个的小手，摸摸那个的脑袋。不一会儿，蟹蒸上了。一开锅，哗，一锅的红脸关公！我们几个小馋猫的眼珠子都要掉进锅里了！吃蟹的时候，爷爷还剥开一些蟹的壳，指着里面形似罗汉的东西说："呶，这就是和白蛇娘娘打仗的法海老和尚，天公要惩罚他，他没办法，就躲到蟹壳里来避难了。"我们都听得入了神，真佩服爷爷，他什么都知道。

当然，我们最高兴的是跟着爷爷去湖荡里采莲子。

阳光明媚，轻风细细，一望无垠的荷叶，散发出清清淡淡的香，让人嗅了还想嗅。我们都使劲地吸着小鼻子，爷爷看着我们顽皮的样子,开心地笑了。小鸭溜子穿行在荷叶之间,我们伸手去采那些能吃的莲蓬。橹声欸乃,船头水声激激,我们的笑声在碧绿的莲湖中回荡。长大后,每每读到杨万里的诗句"接天莲叶无穷碧,映日荷花别样红"时,我眼前就会浮现出儿时在莲湖中的一幕幕。然而,这么美的一切,儿时的我们却不知如何去表达,只是哦哦地叫着,以表示我们心里的感叹。

爷爷没想到,一辈子靠水吃水的他,最终为水所累。1991年,爷爷病了,可恶的血吸虫病严重损害了爷爷的健康。医生说是与疫水接触太多的缘故。爷爷一天比一天消瘦下去,原本炯炯的目光也暗淡了下去。

1993年初夏,一个雨横风狂的夜晚,闪电如一支支利剑劈开黑暗,想获得一丝光明的希望。然而,黑暗终究主宰了大地,令万物苍生为之颤抖、流泪——也就是在这一夜,爷爷走了。

这黑暗的一夜定格在我们的记忆里,成了我们永久的痛。我非常清楚地记得,那时离端午节还有一个多星期,爷爷还没来得及吃一口端午粽子就匆匆走了。我们都很遗憾、伤心。因此,以后每当去看爷爷时,我们都会带上几个粽子。

时光荏苒,十余年仿佛弹指一挥间。每次回老家面对爷爷遗像的时候,我都无语凝噎,环视屋内,陪伴爷爷大半生的小鸭溜子、渔网、鱼篓都堆放在地上,静默成一地的哀痛。

我相信,在那天宇深处,有个地方叫天堂。爷爷定然住在那里,定然在那里过着幸福的日子。

他们的爱无关风月

许久以来，我以为我的父母之间，没有爱情。

爸爸是一名本科大学生。在爸爸那个年代，不说大学生，就是高中生也稀罕。

妈妈一字不识。在妈妈那个年代，孩子多，肚子都填不饱，遑论女孩，就是男孩上学的都寥寥无几。

然而，他们却令人不可思议地结婚了，并生了三个孩子，从20岁出头一直走到将近花甲之年的今天。这当然不是因为妈妈年轻时美丽无比或温柔至极，让爸爸不顾一切，而是爷爷的右派身份连累了他。因此，对于这桩婚姻，最初爸爸多少感到有点委屈和无奈。

记忆里，他们经常吵架。妈妈是急性子，田地里农活儿没干完，地里庄稼长势不旺，小猪崽生病不吃食了……妈妈就会愁急得整夜睡不着觉。爸爸是慢性子，老家土话叫"憨性子"，遇事不急不慌，镇定自若，爸爸说这叫泰山崩于前而不变色，妈妈说这叫老虎撵来了还要看看是公是母。

我小时候他们几乎一到大年三十就得吵一架，起因其实不值一提。大年三十白天都得贴春联、贴门庆、贴年画，据说贴得越早越能给来年带来好运。急性子的妈妈总嫌慢性子的爸爸贴得太晚，过年事情本来就多，拔起萝卜带起泥，事情套事情，越数落越来气，越来气越数落，结果往往是鞭炮的硝烟味和吵架的火药味当了年夜饭的佐餐。

爸爸在离家十多里的另一个乡的中学任教，去学校的路都是山路，一到下雨天就泥泞难行，深一脚浅一脚的黄泥巴。爸爸虽然是工作的人，但干起农活儿来也是好把式，犁田打耙，车水侍苗，样样能来。他对工作和学生很负责，又常带毕业班，因此教书、农活儿经常兼顾不了。但犁田打耙这种大农活儿，再能干的女人都做不了，因此到了春耕季节，爸爸常常是天不亮就下田去犁田。

一次，天不亮，爸爸肩上扛着犁，牵着老水牛就准备下田了，妈妈在后面扛着耙，带着起早做的简单早饭。

一个田犁好耙好，太阳也升起丈把高了，因为那天要进行毕业班摸底考试，所以爸爸吆喝好老水牛，脚也没洗饭也没吃就带着一脚泥匆匆往学校赶。妈妈追在后面喊："把早饭吃了再走啊。""来不及了！"爸爸边跑边答。

爸爸转了一个山坳就不见影子了，妈妈继续在耙好的田里做些平整工作。看着田埂上爸爸没来得及吃的一搪瓷缸饭菜，想爸爸到了学校就要工作，再说过了食堂的早饭时间，那就要饿一上午啊，可别把身体饿坏了。

想到这里，妈妈再也无心干活儿，让附近干活儿的乡亲照应一下田里，就揣着搪瓷缸往爸爸的学校赶。

妈妈年轻时身体非常壮实，再加上性格要强，干活儿吃苦耐劳，人称"铁人"。后来年岁大了，终归岁月不饶人，渐渐也生病了。妈妈做姑娘的时候就有胆道蛔虫这个病，痛起来恨不能钻天入地，但那时医疗条件实在太差，一直治不了。奇怪的是结婚之后许多年没有犯病。后来年纪大了，旧病复发，并且连累到了肝，导致肝脏部分硬化。

妈妈一直采取保守治疗，想肝那么重要的部位，能不动手术最好不动。2003 年妈妈突然病重，老家医院的医生已经束手无策，下了病危通知书，我接到这个消息时简直吓傻了。我火速把妈妈送进上海最好的专科肝胆医院，医生说要立即进行手术，否则性命不保。

手术做了六个多小时，妈妈被切掉了大半边已经硬化的肝。当医生说病人暂时脱离生命危险，但也不能排除有严重术后并发症的可能，并给我们看那白盘子中切出的硬化肝时，在我印象中从未流过泪水的坚强的爸爸突然泪如泉涌，他跌跌撞撞地跑进隔离病室，在脸上、身上插着各种管子的妈妈的床前跪下，用手颤抖地、久久地抚着妈妈的额头和头发，轻轻喊着妈妈的名字，紧紧握住妈妈的手贴在他的脸上。

许是上苍被爸爸感动了，妈妈术后状况良好。妈妈住院期间，爸爸赶着我们去工作，说有他照顾妈妈就行了。爸爸买了个小酒精炉，买了乌鱼、小仔鸡、小排骨等东西在，走廊里炖给妈妈吃，他说光在饭店买太贵，自己动手经济又营养。爸爸细心地用小勺喂妈妈喝鸡汤。看着平时有点马大哈的爸爸一勺一勺耐心地喂着妈妈，还用小毛巾擦拭妈妈嘴角溢出的汤水，妈妈一脸幸福的表情，我的眼眶温热而潮湿。

爸爸退休来上海工作几个月后，天就渐凉了，我刚想给爸爸买几件秋衣，在老家的妈妈就托人把爸爸的秋冬衣服寄来了。

我与爸爸虽然是父女，但我们也常像知心朋友一样谈心。我曾问爸爸，跟妈妈过这一辈子，有没有觉得遗憾。爸爸笑笑说："要说一点遗憾没有，那是假的，文化和思想上的差距客观地存在那里。但是也没有后悔过，你妈妈这个人脾气虽然急躁点，但是个好人，心地也善良。年轻到年老，也跟着我吃了大半辈子苦，虽谈不上志同道合，但一辈子在一起，就像身体的一部分了，分不开的。"

人说生命是一场苦役，因为每个人，生来都是一张"苦"字脸。是的，仔细摸摸我们自己的脸，一横一竖，凑成一个多么方正的"苦"字。我们的一生，有太多的艰辛、太多的泪水、太多的苦涩伴随，幸好，还有一种叫作"情"的东西相伴。

就像我的父母，他们之间，没有玫瑰花，没有巧克力，没有蜜语甜言，更没有情书缠绵、山盟海誓，然而他们之间有个"情"字。

这个"情"字，无关风月，却血肉相连。这个"情"字，让辛酸、多舛的人生成为一场甜蜜的苦役。

说事

怅惘小账簿

常常在独处的时候,闭上眼睛,会感觉到时间真的就像一条河流一样,哗哗哗地从耳边一淌而过。

我听到这一秒钟倏地从耳边疾速淌过,再也没有影踪。等着下一秒来到,又倏地没了影踪。就这样,一条时间的河流在我闭着双眼的时候,从耳边清晰地哗哗而过。

以前在乘火车的时候,在车上往往会结识几个旅伴,或相谈甚欢,或互递零食,甚至只是一路默默无语。可是不知为什么,车快要到终点的时候,内心莫名地就会生起一种淡淡的怅惘。

用"怅惘"一词的确比较准确,因为就是那样的感觉——这些人或这个人也许永世不会再相见了。

家里八九年前买的一个大背投彩电,53 英寸的,像个小电影。在那会儿,挂壁式电视还未广泛上市,所以这个背投彩电还算时兴的。可是八九年过去,背投已经有些过时了,而且耗电,还占地方。

按我的意思，就用背投看看算了，图像什么的一切都正常，反正我们也没有多少看电视的时间。

其实最主要的原因，是我舍不得这个背投彩电。它毕竟差不多陪伴了我十年，曾看过什么节目，这些节目曾经带来的喜怒哀乐，也是历历在目。

但先生嫌它占地方又落伍，于是新换了个 53 英寸挂壁式彩电。在准备换彩电前差不多半个月，我心里就若有所失。我经常把它擦拭得干干净净，还给它前前后后拍了十多张照片。

它被搬走的那天，我躲进了书房关上门，没敢出来。

再出来时，原先放背投的地方，已是空空荡荡，柜子上留下一块它的印迹。

我用手摸着那块印迹，怅惘了许久。

小时候，家里盖新房，欠了许多债，经济异常拮据。在农村，盖新房是一件天大的事，一个农民一辈子最大的愿望也许就是盖一座敞敞亮亮的新宅子。

老房子拆了，新房子还没盖起来，我们就暂住在一个用塑料薄膜搭起来的简易棚子里。有一晚突降暴雨，风雨交加，尽管我们赶紧地加固棚子，塑料薄膜还是被刮得飞起一角。暴雨注入棚里，棚里成了汪洋，一床棉被都湿透了。

哆哆嗦嗦过了一晚上，天终于亮了，雨也停了。

房子还在建造之中，爸爸在十多里外的学校教书，那天晚上没能回来，里里外外妈妈一个人，妈妈根本顾不上我。暴雨之后,上学的路上肯定泥泞湿滑,可我怎么也找不到上学的胶鞋。正一筹莫展的时候,我的小学语文老师兼班主任来了。他看到我没有去上学,不知道怎么回事,不放心,硬是跑过来看看。那时候,我的语文成绩很好,老师比较"宠"我。

老师见我没有胶鞋上学,就背着我去学校。直到今天,二十多年的光阴滑过,我仍记得在老师背上闻到的那种微微的汗味儿。

老师是代课老师。在我上中学的时候,国家实行清退代课老师政策,老师虽然书教得很好,然而无钱无权无后台,仍然被清退了。而有点后台的代课老师,虽然书教得并不如他,然而还是顺利地转成了公办老师,吃一辈子"皇粮"了。

我那时候小,不明白为什么会出现这种情况。后来慢慢长大,慢慢懂得了更多,始知这是一种我们无能为力的无奈。

老师后来当了一名油漆工,有一次在高高的梯子上给人刷房子油漆时,摔了下来,摔得不轻,从此不能再干重体力活儿。

得知此事后,我很难过,去看过一次老师,想帮帮他,可是我还在读书,也无能为力。

离开老师家去学校的路上,看着四周山野的绿色和西天将沉的斜阳,我无限怅惘。

我家房子建好后,欠了不少债。家中很拮据,从鸡屁股里抠出的那几个小钱只够买点油盐酱醋之类的东西,妈妈就养了五头猪,指望养肥了年底能卖上些钱还债。

五头猪每天得吃掉多少食物！货真价实的粮食是不舍得给猪吃的,打猪草的任务就交给了我和二哥。大哥那时已经去十几里外读中学了。每天我与二哥一放学,就挎上大筐子,筐子里再装上两只蛇皮袋,去几里外的洲头抔野蒿。

　　长江边的那个小洲上,长着大片大片的野蒿,春风吹过,野蒿都争先恐后地生发出嫩头,我和哥哥一手拿蛇皮袋,一手就去抔嫩嫩的野蒿头。野蒿青青的绿汁,将我们的小手染得一片绿色。

　　快两个小时光景,蛇皮袋和筐子都装满了,此时已是暮云合璧、落日熔金之时,夕辉辉映于江水之中,半江瑟瑟半江红。

　　哥哥将两个鼓鼓囊囊的蛇皮袋袋头拴在一起,扛上肩,胸前吊一只,后背吊一只,筐子我与哥哥一人抬一边,这些对于小小的我们来说是不小的负重。我和哥哥就这样在夕照暮色之中跟跟跄跄往家的方向赶。

　　往往到家后,哥哥的肩膀都会被勒出深深的红印痕,我的手也红红的,握不成拳头。

　　晚上,从农田里回来的妈妈,把抔回来的野蒿头过一遍开水,去掉苦涩的汁水,然后倒进一个巨大的锅里,再掺进去一些麦麸和谷糠,煮烂。

　　那个大锅直径有一个成人张开的双臂那样长,平时一般是不用的,要到过年熬麦芽糖时才用得上。但煮野蒿就得用上,一次煮一大锅,五头猪能吃个三四天。

喂猪的时候，舀上几瓢放进猪泔水桶里，也能把猪们的肚皮哄饱。这样一来，能节省不少粮食。

除了野蒿，我们打的猪草里面还有野紫云英，我们也叫它红花草，就是书里说的苜蓿。

四五月里，洲头上的野红花草开始大片大片地开花了，那紫红色的小花成片成片地开放，蜜蜂、蝴蝶在其间翩跹流连，云雀在红花草丛中叽的一声，就蹿向极高而远的天空里去了。

这美丽得无法用语言描述的景象，常常让我小小的心仿佛沸腾不已，却又无法表达这种感受，只是觉得分外激动。

我常常拔一朵野紫云英花，看它长长细细的、六角形的茎秆上挑着一朵由八九个重瓣组成的花朵。而且最为神奇的是，每一个重瓣都像一只翩然欲飞的蝶。

我轻轻地向它吹气，看它东倒西歪地翻飞在我吹出的气流里。

哥哥说："别光顾着玩儿，快点割。"

妈妈怕家里割麦子的镰刀太大，我们会割到手，就让村里的铁匠打了两把窄窄的小镰刀，刚好够我们的小手一握。

在洲上的野紫云英花海里，我真的有些不忍心割断这些美丽的小花。可是，家里五头猪的大肚子正在哼哼地叫着要吃的。

割完那些美丽的野紫云英，我回头去看那留下的齐茬茬的短茎，一种怅惘又涌上心头。

靠我和哥哥这样打猪草喂大的猪，我们对它们就怀着一种格外不一样的感情。看着它们从小小的猪崽儿长成一头头大肥猪，是件喜悦的事。

不管它们玩到村子的哪个角落，只要我们"哦啰啰啰啰……"地呼唤几声，它们就会从村里的各个角落飞奔回家，常常跑得呼呼直喘，上气不接下气，却围着我们撒娇，要吃的。

我和哥哥常常做这个游戏，妈妈有时候会嗔怪说："没事别唤猪，把猪都跑瘦了。"

我们常常抚摸着它们肥肥大大的耳朵，轻轻挠挠它们的肚皮，它们就会突然倒地，舒服得伸直了四蹄，让我们继续给它们挠痒痒。

到年底要卖猪的时候，是我和哥哥难熬的时候。

头天我们听妈妈说"明天江北收猪的猪贩子要来了"，我和哥哥就睡不着觉了，晚上跑到猪圈里看猪们好几回。

第二天，江北猪贩子真的来了，好几个人。那天爸爸一般会从学校请假回来。他们开始从猪圈里一头头地逮猪、捆猪，接着过秤，然后开始商谈价钱。

我和哥哥实在是不舍得也不忍心猪贩子将我们用一把把猪草辛苦养大的猪拖走。我们知道它们被拖走后，很快就会被一刀结束性命。

价钱商妥之后，猪贩们要把猪拖上停靠在江边的渡船上运回江北。几头大猪死命地嚎叫，死死地用四蹄撑住地面，并且拼命地把头回过来，用眼睛哀怜而乞求地望着妈妈、我和哥哥。它们也许不明白，平时这些喂它们吃、陪它们嬉戏的主人怎么突然不要它们了。

也许它们也预感到了被这帮凶神恶煞的贩子拖走就面临被宰杀的命运，所以它们拼命地挣扎、哀叫，不愿跟从。

我和哥哥忍不住哭了起来，我们拖住妈妈的手："妈妈，我们不卖猪了，不卖猪了。"看得出妈妈也很不舍，但妈妈说："猪生下来就是阳家一碗菜，要被人吃掉的。年底了，不卖掉猪，我们拿什么还债呢？"

最终，在几个本村壮汉的帮忙下，五头猪被猪贩子半拖半抬地弄上了渡船。我和哥哥跟到江边，看着渡船渐渐往江北开去，越来越远，越来越远，最后成了一个影子。在江水拍岸的哗哗声中，我们两个都忍不住大哭起来。

回到家，看到空荡荡的猪栏里已经没有了猪们的身影，那食槽里还有它们没有完全吃干净的猪食，我和哥哥的心里空落落的，无限怅惘。

接下来的几个晚上我们都会睡不好，心里想象着可怜的猪怎么样了，是不是现在已经被宰了，是不是已经被人家吃了。

这样的情绪会影响我们好一阵子，直到来年开春妈妈捉来了新的小猪崽。那活泼调皮的小猪崽会转移我们的注意力，随着它们渐渐长大，我和哥哥又要四处打猪草了。

没有亲自养过猪的人，也许不能理解这种怅然若失的感情。

小时候，难得过年杀一次猪，按理说，可以过个肥年，我们这些孩子都可以好好吃几顿肉了。

可是我却对着饭桌上的猪肉不伸筷子。

一看到菜碗里的猪肉，我就想到猪在我面前撒娇撒欢的样子，想到我给它挠痒时它憨憨的样子，想到猪被抓到杀猪台上那惊恐而绝望的哀号声，想到那尖而长的杀猪刀一把捅进它的喉管，鲜血轰然而下，想到它的哀号声随着血的流失渐渐变小，终于气若游丝，那喉口的血沫还是突突冒泡……

想起这些，菜碗里的猪肉，我都不忍再看一眼。

在那样清苦少油荤的日子里，有猪肉吃，是一件非常奢侈的事。哥哥一开始也有点不忍，但终于抵抗不住美味猪肉的诱惑，还是吃起来了。

妈妈要给我夹猪肉，我就躲开饭桌，到别处去吃。那时候，妈妈就说，这丫头，真怪，还真忍得住。

其实我根本不用忍，我是真的根本吃不下去。

那种浓浓的怅惘，穿过二十多年的光阴，仍浓浓地穿行在我的记忆里。

有时候花钱，会看到钱上面有"留言"。有一次，我看到一张二十元人民币上写有一行字："田永进用过的钱。"

当时我就哑然失笑。是啊，这一张二十元人民币已经比较旧了，在"田永进"之前，一定还经历过无数人吧。如果钞票有思想的话，每一张钞票经历的所见所闻，都能写成一篇长长的小说吧。

还记得一次听说的贫困大学生的事。一位贫困大学生家里极度贫寒,有一天实在没有了吃饭的钱,饿得受不了,他就拼命喝水,水喝多了自然老要往厕所跑。没想到,他在厕所的便坑里发现了几十块钱,大概是哪位同学褪裤子时,钱从裤兜里滑了出来。他看看四周没人,迅速蹲下捡起那几十块钱,冲洗了一下,赶紧去食堂买了一份饭……

这几十元钱前几分钟还在便坑里,后几分钟就到了食堂,这样的经历,也算传奇。

我想笑,没有笑出来,却无端又生出一些怅惘。

其实我平日不太敢把这些感触说出来,怕被人笑说是"多愁善感"。

但是那一天我忽然看到丰子恺的一篇文章,名叫《大账簿》,遂心下安然——原来早在几十年前,丰子恺先生就有我这些感触了,而且有过之而无不及。

他竟然也谈到了钞票。当然那时候不叫钞票,叫铜板。

他说:"袋里摸出来一把铜板,分明个个有复杂而悠长的历史。……它们之中,有的曾为街头的乞丐的哀愿的目的物,有的曾为劳动者的血汗的代价,有的曾经换得一碗粥,救济一个饿夫的饥肠,有的曾经变成一粒糖,塞住一个小孩的啼哭,有的曾经参与在盗贼的赃物中,有的曾经安眠在富翁的大腹边,有的曾经安闲地隐居在茅厕的底里,有的曾经忙碌地兼备上述的一切的经历。"

丰子恺就是丰子恺,不愧为文学鸿儒,把我想说的,都表达得熨帖,且安妥。

他说:"我仿佛看见一册极大的大账簿,簿中详细记载着宇宙间世界上一切物类事变的过去、现在、未来三世的因因果果。自原子之细以至天体之巨,自微生虫的行动以至混沌的大劫,无不详细记载其来由、经过与结果,没有万一的遗漏。于是我从来的疑惑与悲哀,都可解除了。"

那么我的这点怅惘呢? 似乎与"大"扯不上边。

就叫"怅惘小账簿"吧。

芫荽，芫荽

喜欢吃芫荽，也喜欢闻芫荽。逮着一把芫荽，我经常会凑近使劲闻、闻、闻。先生打趣道："芫荽要是个帅哥，还不幸福得晕了！"没空理他，我忙着闻芫荽呢。

芫荽在上海叫香菜，在我的家乡叫芫芫菜。追溯起来，我也不是一开始就喜欢芫荽的，最初还很讨厌它那浓烈的"臭"味。我和哥哥都觉得它有一种"臭大姐"的气味。臭大姐就是我们老家说的"放屁虫""屁烂虫"，不小心碰到它的屁股，它一喷"烟幕弹"我们就遭殃了，手上的奇臭用肥皂怎么洗也洗不掉。

我们觉得芫芫菜的气味就跟这屁烂虫的味道一个样，给它也起了个名儿：屁烂虫菜。妈妈叫我们去菜园拔些芫芫菜，我们都逃得像猴儿似的。

妈妈却特爱吃，可以当饭吃。她说她以前也不爱吃，后来隔壁吴奶奶让她尝了一次，那次她"吐"之不及，但是奇怪的是，第二次再吃的时候没有那么怕了，再后来就喜欢上那个味道了。

我自己也记不清楚是什么时候喜欢上芫荽的,在我印象里好像是在来上海之后,因为先生爱吃芫荽,他吃面条喝汤时都爱切一大把芫荽放进去,现在想来估计是不知不觉中被他同化了。

知道芫荽菜叫芫荽,是在吴伯箫的《菜园小记》里,那是中学课本里的一篇课文。直到今天,《菜园小记》里那几句我还背得出来:"夏天,晚上,菜地浇完了,三五个同志趁着皎洁的月光,坐在畦头泉边,吸吸烟;或者不吸烟,谈谈话;谈生活,谈社会和自然的改造,一边人声咯咯啰啰,一边在谈话间歇的时候听菜畦里昆虫的鸣声;蒜在抽薹,白菜在卷心,芫荽散发出脉脉的香气……"这样宁静安详的场景描写给了我深刻的印象,同时也把芫荽脉脉的香气印在了我的脑海里。

"芫荽"两个字,细细读来,仿佛是从《楚辞》或《诗经》走出来的清丽女子,有一种古奥的清香于唇际萦回。

在上海,人们买芫荽一般是一小把一小把地买,一把五毛钱,再大点的把子就一块钱。芫荽很贵,一般时候要五六块钱一斤,有一阵子居然卖到十二块钱一斤,比肉还贵。

邻居杨阿姨有次买菜回来指着一把芫荽跟我说:"巨是巨得唻,嘎小一把要五块洋钿!"(上海话,意思是:香菜贵得要命,这么小一把要五块钱!)

我妈妈自种的芫荽露天而生,茎秆长且粗,而且茎有微红色。上海的芫荽细而长,看上去翠碧但弱不禁风,那是大棚里栽出来的。

有次回老家，妈妈清炒了一大盘芫荽给我吃，我才知道露天的芫荽比大棚里的要香得多！

有次我跟妈妈在电话里闲聊聊到上海芫荽的贵，妈妈说："哎哟，家里的芫芫菜吃不完都拔掉喂鸡了。"我说："妈，你那一坰芫芫菜要是拿来上海卖，要卖不少钱哦。"

但是芫荽还是有很多人现在不吃，将来也未必肯吃。即便"大嘴好吃"如汪曾祺也是曾经不吃芫荽的主儿。他大嘴吃四方，到一个新地方，不大去高档酒店（总去也去不起），却总爱钻那陌巷旮旯，找极具地方风味的民间小食，那种原汁原味的小食大饭店还做不出那正宗味儿。

老汪还是小汪的时候，曾经夸口说他什么都能吃，有人就捉弄他，给他弄了一大碗凉拌芫荽。小汪怕跌了面子呀，一咬牙就全吃了，没想到从此就喜欢上芫荽了，从小汪一直喜欢到老汪，吃涮羊肉时调料里总爱放大把的芫荽。

我出去吃吉祥馄饨、游子老鸭汤、兰州拉面之类的东西，总会加一句："老板，多放香菜啊！"事后一想，这要求有点过分，香菜那么贵，你那一碗老鸭汤才几块钱一碗？

爸爸那次从老家来上海工作，带了一个鼓鼓囊囊的蛇皮袋。我直纳闷："爸，你干吗呢？就你那西装革履驮一蛇皮袋，路上多丢人啊！"爸爸把蛇皮袋打开，我一看，眼里一阵发热——满满一袋家种的芫荽！爸爸说："你妈知道你爱吃芫芫菜，要我多带点。现在你想怎么吃就怎么吃，又不用花一分钱，多好！"

我深深闻闻妈妈种的芫荽那沁人的香气,又搂过爸爸的脸闻闻。先生打趣道:"哦,原来那帅哥是老爸啊!"

　　老爸说:"啊呀呀,帅哥幸福得晕了!"

真正的放生

中秋，我给一位信佛的朋友卢姐打电话问候。琐琐碎碎地闲聊中，我问她今年中秋买鸟放生了吗，她说今年没有放生，以后也不准备买鸟放生了，因为现在明白了，不放生就是最好的放生。

我听着大感意外。从前，卢姐可是很热衷放生的一个人。

她很爱丰子恺的《护生画集》，常跟我说："普劝世人，放生戒杀。不食其肉，乃谓爱物。人不害物，物不惊扰，犹如明月，众星围绕。"

今天，猛然听到她"不放生就是最好的放生"这句话，心里颇为疑惑——究竟是什么原因，使这位慈悲之人有如此巨大的转变？

后来才知，是今年元宵的一次偶然放生事件，让她醒悟过来。

信佛之人，一般放生日都选在初一或十五，尤其恰逢节日比如正月十五、八月十五更是隆重。

今年的正月十五前一晚，往年负责买放生鸟的陈大伯打电话给卢姐，说他与女儿一家去国外旅游了，让卢姐负责把放生鸟买到，然后带到放生点去给大家放生。

他们这个放生团体一共有十来个人，都是信佛之人，平常陈大伯是领头人。十来个人住在城市的不同地方，每到放生日，先约定个放生地点，大家分头赶过去，陈大伯负责买好放生鸟带过去，大家完成放生仪式。

受了陈大伯的嘱托，卢姐正月十五一大早就起床赶到卖放生鸟的鸟店。从前她虽然放了不少次生，但真正亲自去店里买放生鸟，还是第一次。

到鸟市时才早上七点多钟，那里已是一片吵吵嚷嚷的叫卖声了：

"正月十五，赶紧买些鸟放生，多行善啊，多积德啊！"

"便宜了便宜了，一只麻雀只要3元了！"

昨晚在电话里，陈大伯叮嘱卢姐，放生主要是积德，求内心平静，不在于放生什么鸟，放生一只麻雀和放生一只孔雀所积的功德一样多，所以为了实惠起见，买放生鸟主要买麻雀，外带捎几只其他贵点的鸟，比如喜鹊、野鸽子之类的。

一个鸟贩上来向她兜售鸟。

卢姐问："有麻雀吗？"

"有有有，来，这边！"鸟贩忙不迭地回答。

卢姐抬眼一看,在店的最显眼处,有一只网兜,里面挤了最少五六十只麻雀,这些本该在林间草地叽叽喳喳、蹦蹦跳跳的小精灵们,现在被密密麻麻地塞在网兜里,空间太狭小了,它们一个劲地扑腾。

有些麻雀的翅膀羽毛被网兜的尼龙线割断了,只能拖挲着翅膀被挤来挤去,还有几只虚弱的麻雀已经在混乱中被同伴踩在了脚底下,哀鸣不已。

卢姐的心像被什么揪了一把,信佛的她一贯心善,这样的场景让她不忍直视。

鸟贩看出来她动了恻隐之心,说:"大姐您看这些小麻雀多可怜啊,都买了放生吧,多积德多行善,这些麻雀要是不放生,肯定都是死路一条。这样吧大姐,这些麻雀卖给别人一只最起码5元,看大姐心善,也诚心买,给你一只4元!"

"咦,刚才在外面我不是听你喊一只3元吗?"

"哎呀大姐,3元怎么可能买得到呢?你们放生的人,也不在乎这一块两块是不是?你们救的可是一条条生命啊,哪能用钱衡量呢,是不是?"

看着这个油嘴滑舌虚头巴脑的鸟贩,卢姐不想买了:"我到其他地方再看看吧。"说完转身就准备走。

这时让她目瞪口呆的一幕出现了,那个鸟贩突然抄起一根棍子,朝装小麻雀的网兜就是一棍子,好几只小麻雀来不及哀叫一声就脑肠迸裂,当场毙命!

"你要不买走，我马上把它们全部敲死，你信不信！"被这突如其来的一幕惊得不知所措的卢姐，愤然哑着嗓子说："我去找你们市场的管理人员！"

"你尽管去找好了，我处置我自己店里的鸟，谁也没权力管！"

卢姐记得以前是听说，有些鸟贩为了激起放生人的同情心，就故意虐待鸟，好让放生人于心不忍全部买走。

她知道麻雀性子很烈，抓到之后就算喂食，一般也不吃，麻雀抓到后如果不放生，最多只能活一个星期。

最终，卢姐买下了网兜里可怜的麻雀，包括那几只死麻雀。本来鸟贩准备把死麻雀拿出来扔到垃圾桶里，卢姐说别扔垃圾桶，给她吧。她打算抽时间找个地方把这几只可怜的小麻雀埋起来。

卢姐把网兜中的麻雀放进带来的大鸟笼，准备开车去放生地。

这时有两位50来岁的一男一女过来对她说："这位大姐，今年买了放生鸟就算了，以后就不要再买了，不放生就是最好的放生。"

见卢姐有点疑惑，男的说："我们是夫妻，也是信佛的。以前我们也放生，但自从几年前我们无意中了解了其中的真相之后，我们就不放生了。而且每到初一十五，我们就在这鸟市附近劝诚那些仍不知内情的人不要再买放生鸟。"

女的说:"你们是不是每次放生完之后,就离开了放生地?"

"是啊,把小鸟们放回大自然,我们就走了啊。"

"你们以为这些可怜的小鸟真的回到大自然了吗?它们死的死,伤的伤,命大没死的,你们前脚走,后脚又会被鸟贩再次抓起来,再折腾一次的话,这些命大的鸟也死定了。"

男的说:"我们放生的人每放生一只小鸟,最起码要付出死十只鸟的代价,因为那些鸟贩用捕鸟网捕鸟,捕到十只鸟最少要死五只鸟,鸟贩不会每天去收网的,那些被网到的小鸟要不被勒死,要不被饿死,夏天还会被晒死,冬天还会被冻死。就因为你要放生一只鸟,十只鸟就这样无辜地丢掉了性命。"

他又指着卢姐笼子里的麻雀说:"麻雀在鸟贩们眼里是贱鸟,抓到后不可能喂食,许多被抓时不幸受伤卖不掉的麻雀,就会被活活摔死丢进垃圾桶。你注意到鸟市旁的那个垃圾桶了没有?里面有许多小鸟尸体,最多的是麻雀。"

卢姐听得心惊肉跳。

"你要不信,今天你放生之后,不要马上走,去找找看,看看里面是不是有许多捕鸟网。"

卢姐心情沉重地发动了车子,往郊区的放生地树林赶去。

其他人都到了,都在等着她。

他们清点了笼里的麻雀,买了五十只,现在又有四只奄奄一息,根本无法放生。

他们将其他四十多只麻雀放生,看到麻雀们惊慌失措地或飞或跳地进到树林草地深处,看到自己又救了这么多小生命,大家都欣慰地长长嘘了口气。

往年,放好生,这时候他们就该转身回市区了。可这次,卢姐说:"我们去树林深处看看吧,听说有人在里面用捕鸟网捕放生鸟。"

"怎么会?也就是说刚刚这些放生的小鸟,有些晕头晕脑地还没有飞起来呢,就又被捕鸟网捕住?"

大家半信半疑地向树林深处寻去。

"看,那里!"

在树林纵深的地方,他们果然发现了好几张捕鸟网,网上已经缠了好几只鸟,走近一看,大部分是麻雀。那些麻雀可能是挣扎得一点力气都没有了,就那样静静地挂地那里。

大家发现,那网是用极细极细的尼龙丝编成的,挂在两棵树之间,很难发现,飞翔的鸟一旦撞上后就被缠住了,很难逃脱。被缠住的鸟,出于本能会拼命挣扎,但越挣扎就会缠得越紧,如果不及时解下,就会窒息而死。

有些鸟的脖子和腿都被细细的网线勒出了血,见有人过来,小鸟恐惧地瞪着圆溜溜的眼睛又开始拼命挣扎。

看到这一切,好几个人的眼泪都流了出来,他们一边努力地把小鸟从网里救出来,一边嘴里不断念着:"观世音菩萨保佑。"

……

自从那次放生经历之后,卢姐再也没有放生过。

她记得一则公益广告里有一句："没有买卖，就没有杀害。"她觉得很有道理。

虽然也有人跟她说"你放是你自己的功德，至于那些小鸟被抓或者死掉，那是小鸟自己的业障"，但卢姐觉得，就算如此，她也宁愿不要这样以小鸟生命换来的所谓功德。

后来，卢姐随朋友去欧洲旅游，在一些公园里，她常常会发现宽广的草坪上架着一些望远镜。

一开始她还挺好奇这是干什么用的，后来才知道，这些望远镜是供游客们观赏快乐的小鸟生活用的。它有个令人温暖的名字：望鸟镜。

卢姐透过望鸟镜去望对面那片树丛中的鸟儿，看它们唱歌、跳舞，看它们恋爱，看它们恩爱相依，看它们哺育小雏……

她的眼睛一次次地湿润。

望远镜里，也变得迷蒙一片。

她想，是啊，这才是真正的——放生。

蝉蜕里的爱国心

北京亚运会过去二十六年了,仿佛是悄悄地,二十六年就滑过去了。

记得当年"亚运捐款第一人"是一个叫颜海霞的江苏小姑娘。许多年过去了,我有时甚至会不无自嘲地想,呵呵,可惜我当时没有 1 块 6 毛压岁钱,否则这亚运捐款第一人的帽子可能落到我的头上了。

1987 年,我刚刚上小学。学校是一所村办小学,窗户是用塑料纸蒙的,桌椅大多缺胳膊少腿,当时唯一的课外读物就是一份《中国少年报》,而且仅有一份。1987 年的一天,老师念了《中国少年报》上一则有关向北京亚运会捐款的倡议书,当时几乎没有人留心到,学校也没有组织什么捐款活动。然而,我却默默记在了心里。

当时家里刚盖房不久,还欠了许多债务,母亲不可能给我零用钱。压岁钱也没有。记得除夕夜妈妈给我们三兄妹一人 5 元压岁钱,初一大清早我们都惦记着那笔"巨款",兴冲冲地把手伸进棉袄口袋,没了——母亲一早起来都"没收"回去了。

我想给亚运会捐款,怎么办呢?我正愁呢,有一天听见收乌龟壳鳖壳的小贩说"赞蛉壳"(蝉蜕)也要,说是治头痛、喉咙痛、破伤风的中药材。我一下茅塞顿开,对,搜集蝉蜕卖钱给亚运会捐款!蝉蜕就是蝉的幼虫(知了猴)蜕下的壳,知了猴生活在土里,但蜕壳后就变成蝉飞到树上去了。

乡下钱是不多,可是蝉多啊,一到夏天,屋前屋后满耳朵都是蝉的叫嚷声,慵散的午后,想睡觉,可是蝉声密集,很是烦心,我就和哥哥使劲踢那些有蝉声在上的椿树、杨树、桦树,一踢,蝉声戛然而止,可是,喑哑了一会儿,又"热哟,热哟"地叫起来了。

我把我的想法跟正上小学三年级的二哥一说,二哥热烈响应。

找蝉蜕有两个方法,一个是直接去树上找。到蝉声密集的树林子里,会看到树干上稳稳地趴着知了猴的空壳,蝉已经飞走了。在低处的,我们就直接取下来;在高处的,我们就拿个长竹竿轻轻捅下来;有的太高了,我只能"望壳兴叹"了。

另一个办法就是挖知了猴,然后洗干净放在蚊帐里让它自己蜕壳。

挖知了猴一般选在微雨之后的清晨和黄昏,土膏微润,我们在地上寻找,看到地上有一黄豆大的小洞,就开心地跑上去,轻轻抠开小洞。抠开洞口后里面宽阔得多,一个憨嘟嘟的知了猴就杵在那里，一般情况下是手到擒来，但有时候，知了猴也会往洞里缩，缩着缩着就不见了，原来它跟我们打"地道战"呢。有时候，稍大些的洞是癞蛤蟆洞，我经验少不知道，二哥这坏蛋明明知道却故意不告诉我，待我抠开了，一个大癞蛤蟆突然气鼓鼓地差点跳到我脸上，吓得我"妈呀"摔了个屁礅儿，二哥则在旁边幸灾乐祸地笑得前仰后合。

比较起来，在黄昏挖知了猴比清晨要好，因为黄昏知了猴们正准备钻出洞往树上爬蜕壳呢。

挂在蚊帐上的知了猴，半夜里会慢慢蜕壳，第二天一早，空壳旁边就趴着一只只嫩绿色的蝉。刚从壳里蜕出的蝉很脆弱，嫩嫩的、绿绿的，要等见到太阳才会慢慢变黑、变强壮。可是一般情况下，我们都是把这些蜕壳不久的蝉往外一扔，能飞的就飞走了，有的太弱飞不起来，就被在一旁窥视已久的鸡啄食了。长大后我读到法布尔的《蝉》："四年黑暗的苦工，一月日光中的享乐，这就是蝉的生活，我们不应厌恶它歌声中的烦吵浮夸。因为它掘土四年，现在忽然穿起漂亮的衣服，长起与飞鸟可以匹敌的翅膀，在温暖的日光中沐浴着。那种钹的声音能高到足以歌颂它的快乐，如此难得，而又如此短暂。"我很内疚，不该无端地剥夺了这些可怜小生灵的生命，它们已经在黑暗的地底沉默了五六年了，好容易熬到了见天日，生命却被拦腰斩断。

这样整整忙了一个夏天和秋天，我们攒了一蛇皮袋蝉蜕。蝉蜕很轻，不压秤，一蛇皮袋蝉蜕也不过二三斤重。我记得当时卖了两块多钱。已经很不错了,那时一个鸡蛋才几分钱。

我向老师要了《中国少年报》上的捐款地址,老师托人去乡里的邮电所把钱寄了。受我启发,学校1988年春天举行了"向亚运会捐款"的活动。这是后话,不提了。

"亚运捐款第一人"颜海霞说,她是个一不小心被写进历史的小人物,向亚运会捐款,不是她一个人的事,是她们那一代人的选择。1987年至1990年,亚运会共收到全国捐款共计2.7亿元。要知道,那时中国老百姓刚刚温饱,这个庞大的2.7亿里面包含了多少普通老百姓对国家朴素的感情。

在2.7亿里面,有我用一蛇皮袋蝉蜕换来的2元钱;在无数普通百姓对国家的朴素感情中,有当年一位乡村小学生的朴素感情。

一个位子的王道

　　上海某中学一名高二男孩，品学兼优，在暑假里突然被查出患上一种很难治愈的重病。原本男孩在暑假后就要升入高三，全力准备下一年的高考了，凭他的成绩，考上一流大学几乎没有悬念。

　　然而，谁能料到，艳阳高悬、瓦蓝澄净的天空中，竟会黑霾骤至，让本该明丽的人生，暗如锅底。

　　电视屏幕上，男孩憔悴的母亲哀伤地说："以前，我们对儿子有许多的期待。现在我们什么都不想了，我们只想孩子健康起来。"

　　只想孩子健康。仅此而已。

　　这是一个多么简单的愿望，可是偏偏有许多人求而不得。

　　当我刚刚得知怀上第二个宝宝时，我就买了许多胎教音乐回来，我想，不管是男孩女孩，我都一定要让他（她）成为聪明的、优秀的、出类拔萃的好孩子。

怀孕第四个月,我在医院做了一项常规检查——唐氏筛查。我对这个唐氏筛查并没有什么概念,只知道这是一种通过检测准妈妈血清中的某些物质,来计算腹中胎儿患先天性缺陷概率的检测方法。之所以没有什么概念,是因为以前怀大孩子时,唐氏筛查这一关轻松就过了。所以抽好血之后,我就没有任何思想负担地离开了医院。

没想到,过了一个多星期,突然接到医院的电话,说唐氏筛查结果为"高危",高危值为 1/120。也就是说有 1/120 的可能性,我的腹中不是一个健康的宝宝!唐氏筛查的临界值一般是1/275,大于这个临界值就属"高危",小于则为"低危"。

要排除高危嫌疑,只有进行羊水穿刺。然后培养羊水中胎儿脱落的上皮细胞,检验细胞的染色体,再确诊是否存在问题。

羊水穿刺手术,是在不打麻醉的情况下,将一根长针在超声波的严密监控下刺进腹中抽取一些羊水。这的确挺令人恐惧。但我彼时已无惧,只要能确认腹中宝宝没事,这便不算什么。

抽取羊水后,要进行细胞培养再做染色体分析排查,这个过程要三周时间。

这三周,我感到前所未有的难熬。

我在心里无数遍祈祷腹中宝宝平安健康。我对自己说,只要宝宝健康,就算不太聪明,不太漂亮,不太优秀,都不要紧。

三周之后,当我拿到染色体分析报告时,我闭上眼睛,把那张纸攥在手心里。我的心怦怦直跳,我的手微微发抖。

我深呼吸，慢慢睁开双眼，展开那张纸——"未见异常"几个字像火炬一样照亮了我的眼睛，同时也照亮了我的心！

直到十月怀胎期满，当小二宝嘹亮地哭着被医生抱到我眼前，告诉我"8斤2两，非常健康！"时，我的泪水，潸潸而下。

而今的小二宝，机灵、漂亮、聪明、可爱。常常，她纯净如雪的笑容，会让我看痴了去。

我搂她在怀中，吻她胖嘟嘟的小脚、小手、小脸，吻她的眼、她的额、她的发……

我是怀了怎样感激的心情啊。我像一个只乞求一小颗糖果的孩子，未料命运却慷慨地给了我满满一整罐香甜的蜂蜜。我感谢上天、感谢大地、感谢生命、感谢生活、感谢命运……

自从小二宝到来后，我发现自己变得更加从容，更加安然，更加恬淡，更加感恩。

可是，你有没有发现，很多时候，当人们幸运地拥有健康的孩子之时，却从未觉得自己是幸运的。人们会抱怨自己的孩子不够优秀、不够聪明、不够听话、不够漂亮、不够勤奋、不够懂事、不够孝顺、不够灵活、不够……

反正不够的太多了！

我忽然觉得，这似乎与我们去餐厅吃饭找位子时的情景有相似之处。

我家附近有一个大型休闲广场，里面有一个快餐厅，分量足，味道也不错，以前我常去那里吃饭。

如果中午去的话，人不是特别多，有许多空位子，我就常常会为到底坐哪个位子踌躇半天。

坐这里吧？不好，正对着门，人来人往。坐这里吧？不好，头上就是电灯，刺眼。坐那里吧？不好，正对着中央空调出风口，吹着冷。坐那里吧？不好，邻桌那个人吃饭吧唧嘴，听着怪别扭……

找来找去，终于找到了自认为满意的位子。

吃完饭，出餐厅时，才注意到餐厅外面居然在表演节目，我又想，刚才坐靠窗的位子蛮好，可以边吃边看表演。

而晚餐时间去呢，常常人很多。客满！但又不想去别的地方吃。这时候，我的双眼就自动生成两盏探照灯，迅速将整个餐厅来回逡巡一遍——哈！正好被我看到一个人刚好吃完，准备拎包走人。这还真是麦芒掉到了针眼里，巧得奇了！

得快点去占那个位子，否则就被别人占了去，没看见服务台那里还有好几个人正东张西望找位子吗？

顾不得什么淑女风范了，我一阵风过去一屁股坐上那个位子。暗自庆幸，啊，多亏我这一双明亮如炬的眼睛！

哪管这个位子在窄窄的角落里，哪管眼前还有别人刚刚吃过的残羹冷炙，哪管对面这个陌生人喝起汤来呼噜呼噜，没事儿，这些都是浮云。

有个位子才是王道！

……

只有一个位子的时候,我们不再奢望其他,眼里只有这个来之不易的位子。

我们会好好地坐在这个位子上,吃一碗饭,喝一碗汤。

每一颗饭粒,都甘之若饴。

每一口汤汁,都味美无比。

如膜妄心应褪净

记得以前读钱钟书，看到钱家人笑钟书"书痴"，并说"痴人有痴福"——钟书爱读书，只要有书读，他别无所求，好像享受富人"命中的禄食"一样丰足。

钟书先生有一段时期将书房命名为"容安馆"，这个所谓的"容安馆"书房，是在小客厅里用一扇屏风隔出的一角，窄小得只能容身。他做到了真正的"容膝易安"。

谁能想象，在这样一扇屏风拦出的一角里，他写出了《管锥编》《谈艺录》等令人惊叹的伟作。

所以说，思想，是能够穿越物质的局限，能够穿越时空而存在的。

钟书曾说："弈棋转烛事多端，饮水差知等暖寒。如膜妄心应褪净，夜来无梦过邯郸。"大意是说，世事无常，个人心中喜忧，如鱼饮水，冷暖自知。心境平和恬淡一点，将营苟之心褪却一些，可以活得坦然一些。

钱钟书的淡泊与"死脑筋",人人皆知,最著名的要数"如果你吃了个鸡蛋觉得不错,何必要认识那只下蛋的母鸡呢?"

那是他在文名炽热之时,许多人实在是崇拜他,想拜访他一睹真容沾点才气,钱钟书开个玩笑予以婉言谢绝。

这是一种沉静,一种内敛,一种不事张扬。

一次在医院病床上,夏衍女儿送给钱钟书一块蛋糕,冷不防一位记者进来拍照,钱钟书将脸孔和蛋糕一起埋进被子里,不管蛋糕上的奶油糊了一脸。

这与当今某些人稍稍有点名气,恨不得有一架摄影机一天二十四小时跟拍自己才好是多么迥然。这是两种截然的境界,犹如夏虫不可语于冰。

尼采曾说,母鸡下蛋的啼叫和诗人的歌唱相似,都是痛苦使然。

喜欢写点文字的人心里都知道,创作的过程是艰辛的,但看到自己的创作成果之时是充满欣慰的。就像母鸡好不容易下了个蛋,蹦下鸡窝咯答答一样,那是艰辛之后的欣悦。

钱钟书,在多少次面对国外大学机构或出版机构的重金相邀时,仍能坚持自己的治学做人原则,哪怕在天文数字的金钱面前也毫不动容。他说:"我都姓了一辈子'钱',还迷信这个东西吗?"

然而,他与夫人杨绛的生活朴素得令人难以置信。沙发是用了多年的旧物,色泽已褪。所谓的书架,是四块木板加几块砖头搭成的。

我曾见过杨绛的一幅照片,背景是钱钟书家中,的确是素朴至极,没有一件称得上奢华的东西。如果他们想要奢华,什么样的奢华他们不能得到?但是,要他们违背自己的治学做人准则去追求所谓的奢华,他们绝不去做。

也许,真正的奢华不在外表,而在人的内心。

记得周有光先生有一则《新陋室铭》。说起周有光这个名字,可能许多人比较陌生,但是如果要说到中国的《汉语拼音方案》,只要读过书的人都会知道,周有光就是《汉语拼音方案》的主持者和主要拟定者。有了这个方案,汉字才能被一个个注上拼音,然后才能扫盲、才能推广普通话、才能进行电脑输入等等,周有光为汉语的科学化、国际化、信息化做出了不可磨灭的贡献。

五十多年前,周有光的居室条件简陋至极,书房、卧室、饭厅都在一间小小的屋里,书没地方放,只好放在菜橱里,他曾戏称:"卧室就是厨室,饮食方便。书橱兼作菜橱,菜有书香。"

在艰苦的环境里,这篇《新陋室铭》诞生了,读来令人莞尔的同时,不得不感佩他的超然心胸:

> 山不在高,只要有葱郁的树林。
> 水不在深,只要有洄游的鱼群。
> 这是陋室,只要我唯物主义地快乐自寻。

房间阴暗，更显得窗子明亮。

书桌不平，要怪我伏案太勤。

门槛破烂，偏多不速之客。

地板跳舞，欢迎老友来临。

卧室就是厨室，饮食方便。

书橱兼作菜橱，菜有书香。

……

仰望云天，宇宙是我的屋顶。

遨游郊外，田野是我的花房。

周先生说："嚼得菜根香，百事可做。"他生于 1906 年，如今已是 110 岁高龄。110 岁的周先生，淡泊心胸，乐观豁达，他说："大智若愚，大道至简。"

我有时也会和先生开开玩笑，我说娶了我你不必像许多男人那样，被妻子逼着到外边拼命挣钱，只要有书给我读，一碗白米饭，一碗小青菜，我就知足，就能将日子过得有滋有味，当然，现在让经济条件好点，主要是为孩子们将来有好点的学习条件和生活条件。

生活，其实本身是简单的，但绝大多数的人制造出了太多的复杂。其实，你简单了，生活也就随之简单。德国哲学家西美尔说，货币只是一条通往最终价值的桥梁，而人，是永远无法栖居在桥上的。

人,最终能够安然栖居的,是自己的心灵。

当然,不是说物质不重要,在某种程度上,物质相当重要。

在这个物质远胜于精神的年代,追求物质,已成了人们众所趋之的目标。

但是,能否,在追求物质的过程中,在稍稍停下的间隙,观照一下自己的内心,让狂躁的物欲之心能够让思想的净水洗濯,得一丝清凉之气?

正如钟书先生所言,褪尽如膜妄心,始能夜来无梦,安然而过。

今夜归家思千里

2016 年 5 月 25 日凌晨,105 岁的先生趁着夜路"归家"了。

先生自己曾说:"……已经走到了人生的边缘,我无法确知自己还能往前走多远,寿命是不由自主的,但我很清楚我快回家了。

"我得洗净这一百年沾染的污秽回家。我没有'登泰山而小天下'之感,只在自己的小天地里过平静的生活。细想至此,我心静如水,我该平和地迎接每一天,过好每一天,准备回家。"

今天,先生终于平和地迎来了她"归家"的日子。愿她慢慢走。走累了,歇一歇。

先生,就是杨绛。

一般情况下,人们会再加一个头衔——钱钟书的夫人杨绛。

我却不加。

因为就算不加"钱钟书夫人"这个头衔,她也当得起"先生"这一尊称。与寻常男子能够称为"先生"不同,能被人尊称为"先生"的女子是一定不寻常的。要有学问,有风骨,有涵养,是位真正的读书人。

2011 年,杨绛先生步入百岁门槛,她拍了一张照片。银色的短发光滑地顺在脑后,一枚黑发夹,面庞白皙,略显消瘦,虽满面皱纹,却满面祥和之气,有一种仙骨之美。

百岁之际,她说:"我这一生也算是忧患的一生,但我觉得在艰难忧患中最能依恃的品质,是肯吃苦。因为艰苦孕育智慧;没有经过艰难困苦,不知道人生的道路多么坎坷。有了亲身经验,才能变得聪明能干。"

的确,苦难伴随了杨绛夫妇一生,亲人离散、颠沛流离、非人折磨……整个 20 世纪知识分子能赶上的忧患他们都赶上了。然而,他们都挺过来了。她说:"这种力量来自信仰,对文化的信仰,对人性的信仰。"

百岁高龄,岁月的风尘依然难掩她的风华,她依然每日与书为伴,笔耕不辍,平静恬淡地生活着,隐于世事喧哗之外,陶陶然专心治学。

我极喜她对读书做过的一个比方。她说:"读书好比是'隐身串门',要参见钦佩的老师或拜谒有名的学者,不必事前打招呼求见,也不怕搅扰主人,翻开书面就闯进大门,翻过几页就登堂入室,而且可以经常去,时刻去,如果不得要领,还可以不辞而别,或另请高明,和它对质。"

正因为她酷爱的"隐身串门",赋予百岁高龄的她,一种充满力量的恬淡之美。

在她身上,人们往往会忘掉时间的残酷,在她身上,人们看到的不是沧桑。

杨绛在家排行老四,父亲是一位颇有名望的知识分子,喜爱读书。在父亲的影响下,杨绛也迷恋于书的世界。一日,父亲笑问她:"若三天不读书,如何?"她答:"不好过。"父亲再问:"一星期不读呢?"她答:"那一星期就白活了!"

杨绛如此迷恋于书的世界,从青丝到白头。与书相伴,书给予她智慧,也给予她泰山崩于前而色不变的沉静而强大的内心。

"文革"时期,钱钟书与杨绛成了"牛鬼蛇神",被残酷地折磨,她被人剃了"阴阳头",还被赶去打扫厕所。这在普通人看来都是难以忍受的侮辱,但她却淡然处之,她把脏臭的厕所擦洗得一尘不染。做完了这一切,她掏出书坐在便池帽上,安然地一页页读下去。

多年以前,钱钟书曾给予妻子杨绛一个最高的评价:"最贤的妻,最才的女。绝无仅有地结合了各不相容的三者:妻子、情人、朋友。"

有一年,杨绛读到英国传记作家概括的最理想的婚姻:"我见到她之前,从未想到要结婚;我娶了她几十年,从未后悔娶她,也未想过要娶别的女人。"把它念给钱钟书听,钟书当即说:"我和他一样。"杨绛答:"我也一样。"

然后,二人相视而笑。

多么美的画面。

就算俗话说："婆媳是天生的冤家"，但钱钟书的母亲也对这位媳妇赞誉有加："笔杆摇得，锅铲握得，在家什么粗活都能干，真是上得厅堂，入得厨房，入水能游，出水能跳，钟书痴人痴福！"

世间好物不坚牢，彩云易散琉璃脆。1994 年，84 岁的钱钟书因病住院，病得比较严重，一段时间内已不能进食，只能用管子鼻饲。当时杨绛自己也 83 岁了，为了让钟书得到更好的营养尽快恢复，她自己亲手细细地炖各种汤，做各种鸡鱼肉泥，再亲自送到医院。她说："钟书病中，我只求比他多活一年。照顾人，男不如女，我尽力保养自己，力求夫在先，妻在后，错了次序就糟糕了。"

船漏偏遇打头风，就在高龄的杨绛一心一意辛苦照料丈夫的时候，突闻女儿钱瑗患肺癌住院！真如晴天霹雳当空炸响。但 80 多岁高龄的杨绛没有倒下，她一边照料丈夫，一边再跑大半个北京城去另一个医院照顾女儿。

女儿钱瑗熬了三年多，一千多个日日夜夜，终于还是于 1997 年因肺癌并发骨转移而离世，离时只有 60 岁。

一年后，病中的钟书难抵白发送黑发的痛楚，也随女儿而去。钟书临终时一目难瞑，杨绛附他耳边轻柔地说："放心吧，有我呐。"钟书始放心合目，安然离去。

她说："死者如生，生者无愧。"钟书及女儿永远离开之后，她隐埋伤痛，每日照常读书，照常"隐身串门"，同时着手整理丈夫留下多达七万页的手稿及各种中英文笔记。十多年里,出版三卷本《容安馆札记》,二十卷本《钱钟书手稿集·中文笔记》,一百七十八册《钱钟书手稿集·外文笔记》等。

与书又相伴了十多个春秋,她跨入了100岁的门槛。

2014年,先生103岁。103岁的她说:"一个人经过不同程度的锤炼,就获得不同程度的修养。好比香料,捣得愈碎,磨得愈细,香得愈浓烈。我们曾如此渴望命运的波澜,到最后才发现:人生最曼妙的风景,竟是内心的淡定与从容。"

纵然103岁,依然心有琴弦。纵然世事多劫,她的豁达心胸和高尚情趣,使她就算历尽万般红尘劫,亦如凉风轻拂面。

而今,她安然走了。

应了先生的那句话:我心静如水,平和地迎接每一天,过好每一天,准备回家。

今夜归家思千里。

先生,慢走。

聆听二胡如水的美

下班的时候,在地铁口附近没有见到那个拉二胡的老人,我停下脚步,站在那里四处望了望,心里居然有点怅然若失。

除了刮太大的风下太大的雨,老人几乎天天来,手拿一把二胡,坐在绿化带的边沿,一条腿架在另一条腿上,二胡架在腿上。

老人拉得很投入。他斜斜地低垂着头颅,左手在弦上快速地滑动震颤,右手的一递一抽带动了整个身子的晃动。

老人拉二胡的时候,几乎从不抬起头来看过往的行人,只顾低着头将他的思绪融入一声声凄切的二胡曲里。老人的脚边放着一顶黑色的礼帽,礼帽里盛着一些硬币、纸币。

很早我就感觉到了老人的与众不同:一是他不同于一般街头卖艺者的衣衫褴褛,他是清清爽爽的,虽没有着蓝布长衫,然而就是有一种拉二胡者的不可言说的风度在那里;二是一般的卖艺者盛钱工具基本是一只破搪瓷盆子,而他却是一顶并不破旧的黑礼帽。

我喜欢这个老人拉二胡的声音。

那二胡声里总是伴随着一股淡淡的忧伤和无奈,缓缓地、喑哑地吱的一声飘起,如同一扇门轴没有经过充分润滑的古老大门,沉重地、缓缓地开启,接着是一串长调如泣如诉、如怨如慕地响起。

初听二胡,该是许多年前的事儿了。那时我还在家乡的小城读书,学校里组织去听刘天华作品演奏会。

当时我对二胡这种乐器并不是很了解,只有着一种粗略而模糊的印象。我想起的是电视、电影里,当主人公陷于一种凄凉的境地之时,一缕幽怨的令人为之断肠的二胡曲调便会适时地响起,将故事内外人们的心思都牵扯得长长的、哀哀的。

我记得当时听了刘天华的《病中吟》《良宵》《空山鸟语》,还有《月夜》,更多的记不清了,印象最深的就是这几首。

只感觉《病中吟》的曲调沉郁悲凉,是久病沉疴中的孤寂与凄清,仿佛能够听见泪水缓缓流淌的声音;

《良宵》诉说着一种绵绵的思念,深藏着一种历经了久远年岁的沧桑感情;

《空山鸟语》传递着一种超于凡尘的安谧和宁静,"蝉噪林愈静,鸟鸣山更幽",耳朵、心灵刹那间被清洗一净。

《月夜》令人宛若置身"江天一色无纤尘,皎皎空中孤月轮"的清丽月夜,身心与月共澄澈,月夜寻香花独幽。

然而,自古以来天妒英才。1932 年,刘天华,这位中西兼擅、理艺并长且会通其间的杰出民乐作曲家、演奏家、教育家,在北京天桥收集曲谱时染上猩红热,英年早逝,年仅 37 岁。

我无法想象,如果他不是过早陨灭,而是天遂人愿,安享天年地活到八九十岁,凭他的才华和造诣,该会取得怎样巨大的成就。

只是,世事往往如此令人扼腕。

在二胡凄美、苍凉的曲调世界里,瞎子阿炳是一个极致,是一个无法逾越的顶点,一个无法绕过的诉说。

原名华彦君的阿炳,从一出生就被这个世界所不容。他的母亲本是个寡妇,因为某种机缘与身为道士的华雪梅相爱而怀了阿炳,这在当时绝对是辱没族风、伤风败俗的事。

因此,小阿炳刚出生就被父亲悄悄带走交与他人抚养,母亲也在强大的世俗压力之下,于生下阿炳后的次年郁悒而死。

阿炳 8 岁那年,父亲将他接回自己身边抚养。精通音律和乐器的父亲发现了阿炳过人的音乐天赋,就全力培养他,从小教他音律,教他击鼓、吹笛、拉二胡。

阿炳学习也非常刻苦,吹笛的时候要迎着强劲的风吹,这样才更有利于锻炼吐纳气息的本领;在笛尾挂上秤砣以增加臂力;练习二胡时手被琴弦勒得出血也不停。

又是一个天不遂人愿的例子。1927 年,34 岁的阿炳的视力不明原因地急剧下降,直至双眼完全失明。当时父亲华雪梅早已不在人世,失明的阿炳无依无靠,为了糊口只好流浪街头,拉二胡卖艺,艰难度日。

初次听到那首《二泉映月》时,我感觉那一个个音符如一脉脉忧伤的泉眼在汩汩地鼓涌,我闭上双眼,那种忧伤便潜入心灵。那种忧伤杂糅了悲苦、困顿、无奈、颠沛流离、寒砭肌骨和食不果腹的凄伤倾诉。

我知道《二泉映月》当初并不曾拥有这样一个美丽、引人遐思的名字,那只是阿炳流落街头时随手拉出的一些音符而已,是从他的心里自然流淌出来的表达他凄苦心境的一些音符,只是后来的整理者给这些组合的音符取了个美丽的名字。

这个美丽的名字,在某种程度上掩盖了这些音符本质的悲。

贺绿汀就曾说过,"二泉映月"这个风雅的名字,其实与阿炳的音乐是矛盾的,与其说音乐描写了二泉的风景,不如说它深刻抒发了阿炳的痛苦身世。

日本著名指挥家小征泽尔在听了《二泉映月》后说,"断肠之感"这句话太合适了。

我也有同感。许多次,我独自在寂静之中听《二泉映月》时,感觉心里、眼里有泪意在涌动。

小提琴与二胡同为弦乐器,我喜欢小提琴,但更喜欢二胡。

小提琴演奏的《梁祝》的确能够令人杂虑顿消、心静如水,但感觉小提琴像是一位贵族,它适合在幽幽的灯光和氛围里,营造一种浪漫或者一种叫情调的东西,令人沉入一种袅袅如秋水样的轻柔之中。

譬如在三秋桂子、十里荷花的绮丽钱塘江边,就适合小提琴,不适合二胡。

譬如在十里洋场、纸醉金迷的繁华黄浦江边,就适合小提琴,不适合二胡。

譬如在六朝金粉、乌衣古巷的奢靡金陵城内,就适合小提琴,不适合二胡。

二胡不属于繁华,不属于绮丽,它只属于沉静、凄迷和哀怨。当然也有金戈铁马的,也有热闹非凡的,比如阿炳的《听宋》,气势恢宏、壮怀激烈,比如阿炳的《龙船》,喧闹热烈、嘈嘈切切。

但即便如此,与《二泉映月》相比,它们的感染力也会逊色许多。

二胡属于流浪的艺人,属于孤苦的旅人,属于贩夫偷闲之时的低语,属于走卒沉闷之时的倾诉,属于过气的戏子潦倒之时的哀怨……

在"雨打梨花深闭门"的暮春,在"绿树阴浓夏日长"的仲夏,在"寂寞梧桐深院锁清秋"的深秋,在"北风吹雁雪纷纷"的寒冬,我们能听到二胡一声骤然的低泣、一脉绵长的诉说、一种寂寥的沧桑,怎么能说,那不是一种哀而不伤的美丽呢?

爱在笔底有烟霞

曾见有人细述读汪曾祺的心情："我爱读汪曾祺到了这般情形：长官不待见我之时，读两页汪曾祺，便感到待见不待见有屁用；辣妻欺我之时，读两页汪曾祺，便心地释然，任性由她。"

仅此两句，已觉莞尔。

大凡喜爱汪曾祺文字的人，都会被这个可爱的小老头看似淡然、实则醇厚至极的文字所感动。就像白米饭或者白开水，表面上淡而无味，实则过尽千帆，尝尽百味之后，才发现，它才是至味。汪曾祺的文字就是这样，乍看浅白如闲话，一个字一个字拆开，无甚稀奇，可是，一旦这些文字组合起来，你就像看到了高天上的流云，干净、流畅，没有一字能割舍。

几年前，我读汪曾祺的书，但读一些后便放下了，当时浅薄地觉得他的语言太过通俗，不是我欲学习的对象，我喜欢的是那种纵横捭阖、气吞山河的磅礴文字意象。当时我还轻飘地说，这样的文字我都能写出来呀！如今想来，觉得面红耳赤，年少时的我真是不知天高地厚。

须知宴席易做,青菜难炒,要把小小的青菜炒成至味,更是难上加难。他的文字,在于意象,在于氛围,在于韵味。寻常物事,他能写出文气鲜灵,使你的思绪不得不跟着他质质朴朴的文字跳荡游移,却有一种不滑、不浮、不矫,抵达心底的熨帖。

《寄意故乡》大体可算作一本回忆往事的书。汪老在他花甲之年,带我们胜似闲庭信步地游走于他的故乡——高邮小城。他的家、他的家人、他童年的花园、那些已作古的故人、故乡的四季、故乡的吃食……琐琐屑屑,细细说来,民俗风物、市井趣闻,如闻隔江琵琶,泠然有声。

他写父亲。父亲聪明过人,手很巧,而且总是活得很有兴致,乐器、书画、刻章、样样能来。父亲做出的荷花灯和蜈蚣风筝,十里八乡找不到更精巧的。父亲给人看眼病很有一手,但从来不收钱。写父亲对自己的爱,也是淡淡地来,淡淡地去。说他去江阴投考中学那年,与父亲住在一个客栈里,臭虫很多,父亲点起一支蜡烛,见到臭虫,就把蜡烛油滴在臭虫身上。他美美地睡了一觉,第二天醒来,看见席子上有好多蜡烛油点子——父亲为了不让臭虫打扰儿子睡觉,举着蜡烛,一夜未睡。末了,他也只是淡淡地说:"我很想念我的父亲,现在还常常梦见他,我的那些梦本和他不相干,不知道怎么会掺和进来了。"

似乎是淡淡的感情,不是那种浓烈到令人窒息的大悲大恸,却让人在这淡淡的几句话里不禁动容。就像归有光《项脊轩志》

的结尾："庭有枇杷树，吾妻死之年所手植也，今已亭亭如盖矣。"淡淡二十余字，为什么会成为中国古文极有名的结尾？只因这短短二十余字里所包含的凄恻，悠然不尽。

他写儿时的花园。巴根草、臭芝麻、蟋蟀、螳螂、蜻蜓、土蜂、哑巴知了、天牛、含羞草……他用大白描的手法全景式地展现了一个小花园在孩子心里的乐趣。于是我们跟着他捉知了，就算捉到了哑巴知了也不扫兴啊，用马齿苋的花瓣套起哑巴知了的眼睛，马齿苋的花瓣像个小口袋，仿佛天生就是套哑巴知了眼睛的。一放手，哑巴知了呼地飞起来，不偏不倚不转弯。好玩。还跟着他把地上的土蜂窠堵起来，在旁边给土蜂再掘一个，土蜂回来找不到家了，撅着屁股找啊找，好容易找到新家，进去，发现不对，又出来在附近大找一气。没找到，土蜂它老先生生气了，坐在门口吹吹风。也好玩。

没有成人的口吻，完全是一个顽皮孩童的自然口气，隔了六十多年光阴，这口气依然像一条清亮质朴的小溪，淌在作家的笔底，淌在阅读者的眼里、心里，空灵、自然而舒服。

我最喜欢的，莫过于《故乡的食物》。蚬子、螺蛳、荠菜、咸蛋、臭豆腐、乳腐肉、芋泥肉、霉干菜、手抓羊肉……有一晚我不知深浅，读了一章，本来不饿的我竟饿得前胸贴后背，恨不得把脑袋伸进冰箱搜罗吃的，真是想霉干菜烧肉呀，可这半夜三更的，上哪儿找去？这个好吃的小老头，为什么要写得这样满口噙香呢？害得我一夜没睡好。

他写臭豆腐,说有一次在长沙,想尝尝毛主席在火宫殿吃过的臭豆腐(据说火宫殿的臭豆腐奇臭无比),就循味跟踪,忽觉臭味渐浓,几个人格外兴奋,快了,快到了,闻到臭味了嘛!

谁知到了眼前一看,是一个公共厕所!

我差点笑翻。

他写山东人爱吃生葱,说有一个笑话,婆媳吵嘴,儿媳跳了井。儿子回来,婆婆哭哭啼啼地说:"可了不得啦,你媳妇跳井啦!"儿子说:"不咋!"然后拿了一根葱在井口晃了几下,媳妇就上来了。

这个可爱的小老头!他把寻寻常常的吃食,用寻寻常常的字眼、寻寻常常的口气,把吃的感受、氛围,吃食的来历说得兴味盎然。信手拈来的小苋菜、小辣椒、小螺蛳他都写得生意满眼,把世俗的口腹之欲与高雅的文字奇妙地融合,让人看了就觉着香,觉着饿,觉着那印着字的纸都是香的、能吃的。

读过汪曾祺的人大多有这样的感觉,他的语言很怪,拆开来看看没什么呀,就是一个个没有雕饰的汉字,可是将这些汉字放在一起,再品哑,奇怪,就会滋味悠长。就像包世臣论王羲之的字,说他的字一个一个单看,并不觉得美,但是字与字之间如"老翁携带幼孙,顾盼有情,痛痒相关",是一种整体美。汪曾祺的字也就像长在一起的树枝一样,枝干之间,汁液流转,一枝动,百枝摇。

汪曾祺是典型的"大器晚成"型作家,直到 60 岁之后才为人所瞩目,他一生三百万字的作品中九成是写于60岁之后。其实,他在20世纪40年代初就已经以小说才华在文坛崭露头角。

20世纪30年代末,19岁的汪曾祺怀揣着文学梦,为了追随沈从文而千里迢迢赴云南考入西南联大。然而,后来连续不断的政治运动以及风云变幻让他清醒地意识到,他擅长的笔法和熟悉的生活没有用武之地。直至十一届三中全会召开,整个创作生态环境宽松而解放,他才在春风频送暖、老树发新芽的激动、感叹中,开始了自己新一轮旺盛的创作生命。

鸟多闲暇,花随四时,仿佛这就是汪曾祺和他的文字留给人们的印象。他自己也说,随遇而安,这是"我与我周旋的结果",自己哄自己玩儿。这样的话,细细品味,你会发现,有辛酸在里面。

20世纪40年代崭露才华,之后寂处一隅四十余载,幼时生母早亡,青年遭逢国难,挨饿于西南联大,中年被划为右派,受辱遭凌。然而他生性谦和淡泊,对什么事都看得很开。他被打成右派下放北方边地,边地风沙漫卷,远离家人故友,独自在荒凉绝塞。这种情况如果放在情志压抑些的人身上,不知会做何举动,可是汪曾祺却"想办法找点乐子",画马铃薯图谱,画完就烤烤吃了填肚皮。他还半调侃地说:"我当了一回右派,真是三生有幸,要不然我这一生就更加平淡了。"

"大音希声,大象无形",汪曾祺独抒性灵的文字,淡淡地絮絮着人的一生。无论是大开大合、大起大落,在他的笔底,都如山野闲花、寒潭秋水,就那么淡淡地、小小地氤氲着理性、睿智和从容的烟霞。

相错于流年的彼岸花

少年时,看《半生缘》,为曼桢流过泪水。恨张爱玲那支冷漠而决绝的笔,隔着一堵墙,任曼桢把喉咙喊破,也不让她最爱的世钧听见,决绝地让曼桢和这个世界完全隔离,没有一点回旋的余地。

一堵墙,将曼桢和世钧,这对相爱至深的人,隔在了荒凉的人世间。那时我就想,他们两个,像极了传说中的"彼岸花"——花开之时不见叶,叶茂之时不见花,花与叶彼此思念,却注定它们花叶两不见,相念相惜永相失,在凄清的秋风里生生相错。

十来年后,看《明清诗选》,偶尔看到清代王士禛的那首《龙爪花》:"稻熟田家雨又风,枝枝龙爪出林红。数声清磬不知处,山子晚啼黄叶中。"再看注释里说:"龙爪花是彼岸花的别名,花色血红,多整遍开于墓地之间或山间小路。"

原本我只知道那个忧伤的传说,彼岸花的前世是一个为爱受伤的天使,自愿投入地狱,地狱众魔不忍心让她下地狱,将她遣回,但她仍忧伤地徘徊在黄泉路上,众魔就将她变成鲜红的花朵开在黄泉路上,给迷路的灵魂指路。

直到读到这首诗,我才恍然惊起而长嗟,原来这令人心碎的"彼岸花",就是我少年时常见的"龙爪花",我们又叫它"鬼魂花",眼前再现少年时那一片绚烂的红。那时,我就读的中学离家比较远,要走十多里山路,在这连绵起伏的丘陵之间有一大片墓地,我们上学放学都要穿过这片墓地,在斜阳萧索枯藤昏鸦的傍晚时分,着实令人寒毛凛凛。

记忆里最深刻的,就是每年秋风渐起的时候,那墓地里会开出一大片一大片鲜红艳丽的花朵,没有叶子扶衬,却更艳得令人眩晕。我想去摘几朵,可是又不敢进到那些坟茔深处,有几个胆大的男生就帮我去摘。可是等我高兴地把它们拿回家,妈妈总是很快地命令我将它们丢进水中,告诫我以后不要再摘它们。

隔了这么些年想想,相较于彼岸花的情不为因果,缘注定生死,世钧与曼桢,又何尝不是?《半生缘》里,张爱玲劈首第一段:"日子过得真快,尤其对于中年以后的人,十年八年都好像是指股间的事,可是对于年轻人,三年五载就可以是一生一世。"

十四年前,他与曼桢的相识,相比于那些浪漫华美的恋爱故事,平实得甚至有点寒碜。他的大学校友叔惠在一家厂子里做事,也把他介绍去了,曼桢正好也在那家厂子里做事,写字台就在叔惠隔壁。三人经常去厂子附近那家不太干净的小餐馆搭伙吃饭,曼桢长得并不是那种惊艳的美,就是圆圆的脸,圆中见方,蓬松的头发,随便地披在肩上,说不上美,但他却笼统地觉得她很好。

什么时候爱上了彼此,似乎有点微茫,但细细想来还是有迹可循。三个人去郊外拍照,她丢了一只手套,他悄悄冒雨一步一滑地找了回来,两个人都窘得脸红。他有事要从上海回南京老家,那是他们认识后的第一次小别,她帮他整理行李箱,衬衫领带袜子一样一样经过她的手,都有一种异样的感觉,他们离得很近,刹那间,他仿佛立在一个美丽的深潭边缘,有一点心悸,但心里又一阵阵荡漾。礼拜一回到上海,他心里充溢着一种渴望,他拎着行李直奔厂里,只想早一分钟见到那个人。可是太早,她还没到厂里,他踌躇间身后忽然一声"喂",蓦地回首是那张迎着晨风和朝阳微笑的脸,他的心里瞬时敞亮流满了光。晚上他送她去做兼职家教,在寒夜的街头走过来走过去等她,却不肯进近旁温暖明亮的咖啡馆,只因为刚刚他轻吻了她的头发,太剧烈的快乐与太剧烈的悲哀是有相同点的——同样需要远离人群。他用半个月薪水买了只红宝石粉做的戒指,大了点,他从毛衣上扯下一截线头缠上,她戴上,正好。

这样美丽的爱情,因为这份含蓄而更加美丽,像一首隽永的小诗,读了会有清风拂面而来之感,连同那夜晚的月亮,都像一颗白净的莲子悬在天上。谁的一生没有爱过呢?真的爱上了一个人,不单是经过那人之手的袜子有异样的感觉,就是空气中有或是没有那个人的气息,感觉都不一样。

张爱玲抛弃了她那支一贯华美锦绣的笔,用平实的笔调缓缓铺陈 20 世纪三四十年代老上海最寻常的巷子,巷子里的矮屋,屋里的火油炉子,炉子上咕嘟着的米粥,在米粥的温香里卖五香豆腐干的老人的叫卖声,和叫卖声里滔滔而过的流年。

　　这平实的笔调还扫到曼桢纤细而坚强的脚踝。曼桢是纤弱的,同时也是坚强的。大学毕业之后,她挑起了维持一门老幼生活的重担,除了厂里的正职,还兼了两份职,她只想努力工作多赚点钱,不忍心再依靠姐姐曼璐了,曼璐为这个家付出得太多太多。父亲撇下一大家人撒手早逝,身为长女的曼璐正值栀子花开一样清香的年纪,为养家,无奈堕入风尘,尝尽人间酸涩,忍下深痛主动解除了与未婚夫豫瑾的婚约。如今一朵清香的栀子花已被摧残萎黄,悠悠轻叹无望的未来,正因为无望,她将后半生赌给了那个不笑像老鼠,笑起来像猫的"吃投机交易饭"的祝鸿才。而这个丑陋的男人,在见到曼桢之后无时不垂涎着她。

　　然而,张爱玲是苍凉的,苍凉是她的底色,尤其是《半生缘》这部作品写成于 1950 年,那时的她经历过一生中最痛的感情,那个叫胡兰成的男人,给了她致命的一击。以才情睥睨人世的张爱玲把自己变成一朵低到尘埃里的花去深爱那个男人,然而,他终于还她以无尽心酸和凄凉。1944 年到 1947 年,三年的婚姻画上句号,也让她的心像那个句号一样终生空洞寂寥。所以,《半生缘》里,208 页之前的那些温情和隽永下面,都有一层苍凉弥漫在里面,若隐若现。像是画油画,先打了一层苍凉的底色在那里,无论上面的景色多么葱绿桃红,那苍凉之气都会丝丝透出来。

208 页,每次看到这里,我都不由自主地停一停,再翻翻前面,看看世钧和曼桢共同拥有的白莲子似的月色,像从温暖如春的小窝走到滴水成冰的室外前一样逗留不舍。

算命的说曼璐有帮夫运,不管真假,反正祝鸿才娶了曼璐之后竟靠投机很快发起财来。发财后的祝鸿才露出了人性里丑恶的一面,他开始嫌弃曼璐的色衰和不能生育,在外胡作非为,给她本已羸弱的精神接连重击。

这么多年,曼璐为了养家而沦落声色犬马里丧失了尊严,然而她的内心并木失去对豫瑾的爱,这份感情成了她死寂的内心深处唯一的珍宝,她也相信豫瑾还爱着自己,否则他不会十多年依然孤身一人。再次重逢时,她特意换上那件当年他喜欢的紫色旗袍,听到的却是他的那句:"人总是要变的,我也变了,也不知是年纪的关系,想想从前的事,非常幼稚可笑!"几句话如刀一样刺得她痛不可当,残忍地否定了她内心唯一鲜活的回忆——豫瑾竟爱上了曼桢,只因曼桢长得酷像当年的自己,这是个残忍的玩笑,他爱的,终究是十多年前那个洁白的曼璐,而不是现在这个残败灰暗的她。

如今她又要失去丈夫的心了。太多的磨难、太多的伤痕让她心理一刹那扭曲了,她甚至开始恨一直疼爱的曼桢——同样是爹娘所生,为什么我就这么下贱,她却那样高贵,连最爱的豫瑾的心都要夺去!为了留住丈夫的心,她竟然设计让曼桢给祝鸿才生一个孩子。被曼璐装病骗去的曼桢,在那个漆黑的夜,被祝鸿才像噩梦一样撕碎了所有的幸福。

被凌辱后的曼桢怀孕了,被锁在一间小屋子里疯狂。这时候世钧也在外面疯狂地寻找她,却被曼璐用计骗得痛不欲生——曼桢嫁给豫瑾了?!那枚他扯下毛衣线头缠绕的定情红宝石戒指曼桢都不要了!多变的是人心,是人心啊!

南京家里在催婚,他心如死灰,他茫茫无主地娶了翠芝,那个门当户对的富家大小姐。一切糊里糊涂的,像是在做梦。

有一种索命的恶鬼叫无常,加上"世事"二字,就是世事无常,就是宿命,人只能被抓在宿命的手心里揉碾,就像曼桢,只能绝望地在那间小屋里听世钧的脚步声将咫尺走成了天涯。

十四年,长吗?不长,但也不短。曼桢被关在小屋里的一年里,她疯狂过,她割腕自杀过,可是后来她不哭了,她要好好活着,出去找到世钧,把这一切的苦说给他听,想到世钧,原本干涸的泪水就下来了。然而一年后她生下孩子逃出来,一切却面目全非,她深爱的那个人结婚了,与另外一个女人。在曼桢看来,活着有时比死更可怕,生活可以变得更糟,比想象中最不堪的境遇还要糟糕。

十四年里,曼璐死了,世钧也成了两个孩子的父亲,曼桢也成了一个孩子的母亲。

十四年,他们心底的那块伤疤还是殷红的,是活伤疤,它还没有死，碰了还会生疼。在南京，已是两个孩子父亲的世钧在浮满灰尘的旧书页里发现一封曼桢的信，曼桢隔着遥远的岁月对他说："我要你知道，这世界上有一个人是永远等着你的，不管是什么时候，不管在什么地方，反正你知道，总有这么个人……"在深寂的夜里，他无语凝噎。寂寞冷漠的婚姻生活里，这么些年翠芝总以为他就是那么个温吞水脾气，对女人没兴趣，就连她那些高贵的女朋友，他也连正眼都不瞧一下，这倒让她放心。她却不知道，多年以前曼桢做完家教回来进屋一脱大衣，他马上就去吻曼桢……"取次花丛懒回顾，半缘修道半缘君。"

十四年后，偶遇在叔惠家里。那一刹那，彼此都听见"轰"的一声，是几丈外两个人躯壳里的血潮澎湃。十四年的光阴在那里滔滔流着，洗得脑子一片空白，"晚风吹着米黄色厚呢窗帘，像个女人的裙子在风中鼓荡着，亭亭地，姗姗地"，就是这无情的晚风，卷走了他们的一季又一季。

十四年时光走得荒凉而无奈，如今纵使最激烈的拥吻，纵使他把她搂得更紧更紧勒疼了彼此，他们心里都知道："我们回不去了。"漫长的时间织成了一张无形却丝丝入扣的网将他们死死罩住，这张网的压力巨大而无所不在。他不爱翠芝，可是也许爱不是热情，也不是怀念，不过是岁月，年深日久成了生活的一部分。

她也知道，当彼此都尘满面、鬓如霜的时候，人生别久不成悲，那些尖锐如玻璃碴般痛不可当的伤悲，会逐渐被岁月磨成钝钝的悲。只要彼此知道，两处沉吟各自知，就够了。

多年前的最后一次见面，至少是突如其来的，没有诀别。今天从这里走出去，是永别了，清清楚楚，就跟死了一样。

那一刻，爱上你，我无路可逃，空留一滴清冷的泪与一丝不舍的情。但是，你还是转身离开吧，不要回头看我，让我成为你生命里永远的彼岸花。

花开无叶，叶生无花，独行彼岸路。

留得铅华做羹汤

"拴夫要动脑,抓胃第一招。"抓胃的确很重要,女同胞大多也懂得这个道理。

所以许多女人洗净铅华,钻进厨房,将煎煮蒸炸炒当作毕生的事业去勤苦经营,为的是牢牢抓住那个他的胃,从而牢牢抓住他的心。

然而,往往令人沮丧和事与愿违的是,很多时候,女人发现,那个他胃是胃,心是心,甚至胃在南极,心在北极。胃在享受着你煮出来的菜的同时,心却不知跑到哪儿去了。

这可如何是好?

以前有个邻居叫桦,几年前老公差点跟她离婚,那阵子,桦声泪俱下,悲痛欲绝。

桦不明白,她这些年全心全意操持这个家,她也信奉那句要抓心就抓胃的话,除了上上国企那份不死不活的班,余下的大部分时间都把自己关在厨房里,忙着侍候一大一小两个男人的胃。

10 岁的儿子被她喂成个小胖墩，老公也被她养得白白胖胖，唯有她自己在油烟的长年围攻熏燎下，腰身不知不觉间赛过了大水桶，脸也成了起斑蜡黄的老黄瓜。

一次，很偶然地，当她下班后风风火火地跑完农贸市场又跑超市去买打折猪肉时，她看见自己的老公进了对面一家大饭店——搂着一个"水蛇腰"。就在半小时前，老公打电话跟她说晚上公司有重要客户要应酬。

教训让桦彻底清醒，心都没了，胃抓得再牢也白搭。

当然，厨房还是要钻的，不钻那两个男人就要饿肚子。没办法，女人就是这样心软。

但是，除了钻厨房，桦也开始钻健身房、钻美容院了，不出一年，桦又恢复到没生孩子前的窈窕模样。

桦的遭遇不禁让人想到那个才貌双绝的董小宛，她深深懂得抓胃更要抓心的道理。

身为"秦淮八艳"之一，小宛不仅貌美如花，且才华出众，身边仰慕者如过江之鲫，可她却始终没有找到心仪的男子。

世事就是如此，感情之事更是如此。"山有木兮木有枝，心悦君兮君不知。"当她偶遇风采翩然的冒辟疆冒公子之后，未曾相逢先一笑，初会便已许终身。

在那样的年代，一位女子想要首先向暗许芳心的男子开口，是一件相当不容易的事。但小宛就是如此勇敢，她深深懂得幸福要靠自己勇敢地去争取的道理，她坚信，"无期相遇一邂逅，有缘情定三生石"。

如果她与冒公子真的有缘,她勇敢表白,他们就会是金风玉露一相逢,便胜却人间无数。

如果他们无缘,她表白了,冒公子不领她的情,大不了哀叹一句:"我本将心向明月,奈何明月照沟渠。"然后想,罢了罢了,留在心里,也是一个念想,"总胜过心如古井水,遇风不起波"吧。

小宛是幸运的。当她勇敢地向冒公子剖白内心之后,冒公子"只缘感君一回顾,使我思君朝与暮",一段佳话就此展开。

曾经才情了得、冷傲非常的小宛,自从爱上她的冒公子,就为了她心爱的男子,甘愿从云天之上降落至烟火人间。

小宛由一个青楼女子到嫁入冒家之门,且最终深得冒家上上下下的喜爱,这难度可想而知。

小宛可谓花尽了心思。

谁能想到,现在饭店必售的一道菜"走油肉",竟是董小宛的发明。为了心爱的男人,董小宛潜心钻研厨艺,从一个十指不沾阳春水的青楼女子脱胎为一个烧得一手佳肴的居家女子。

寻常菜蔬,经她手一烹,一蔬一肴,都异香扑鼻。她在厨下忙碌,端出一道道色香味形俱全的美食,看自己心爱的人大快朵颐,那份满足和愉悦不能与旁人道。

有人常告诫女子们说,为了爱的那个人,要"洗尽铅华做羹汤"。

这是扯淡!别听他瞎掰,会害死你!

为君做羹汤不假,可是为什么一定要"洗净铅华"呢?

聪明的女人是,羹汤要做,铅华亦留! 不仅留,还要留得让他动心。

董小宛日日下厨做羹汤,并没有把水蛇腰变成水桶腰。而且,她在下厨之余,尽力在平淡的生活里寻求精微雅致的活法,这就是她的聪明之处。

常常小宛满眼爱意地看着自己心爱的冒公子吃完她亲手制作的美味小菜,她还要煮一壶芥片茶,然后将自己装扮得山明水秀,与冒公子在溶溶月色之中共酌对饮,酬诗唱和,手执纨扇,轻扑流萤。

迷蒙月下,香茗袅袅,佳人如花,冒辟疆将一颗心完全扑在了小宛的身上,那颗心二十头牛也拉不走。

难怪当董小宛英年早逝,香魂一缕越飘越远之时,冒辟疆哭得肝肠寸断,他说自己一生的清福都在与小宛相守的九年之中享完了。

一介贵公子如此怀念、如此情深于一个出身青楼的女子,这是为何? 这就是董小宛懂得抓胃更懂得抓心的结果。

常听有女人声泪俱下地说:"那个天杀的没良心的啊,我把心都掏给他了,他怎么能这么对我哇?"掏心有什么用? 说不定他正烦你这颗心呢。

要动脑子,让他自动把他的心交给你,让你掌握主动权。

你要懂得,羹汤要做,那是抓住他的胃;铅华要留,那是抓住他的心。

留得铅华做羹汤,当你窈窕在外,灵秀在内,当他无论走到哪个地方,都觉得自己手里的你是最好的时,你就牢牢保管住了他的那颗心,你就永远也不会成为声泪俱下的怨妇。

就像那个差点遭到夫弃的桦说:"女人不要傻,坚持两手抓,一手抓他胃,一手抓他心,两手都要硬,才能拴牢他。"

果然精辟!

螺蛳壳里的人生

清明时节,屋后的苦楝树开出了一树淡紫色的小碎花,蜜蜂也嘤嘤嗡嗡地闹腾,这正是吃螺蛳的好时候,此时的螺蛳肉粒正饱满且未长子,有子吃起来比较麻烦,硌牙。

"三月三,吃马兰粑。清明螺,赛肥鹅。"这是江南水乡人人皆知的小谚语。

我提只小篮,哥拿出一只耥网(一种可以握在手里推的小网),我采马兰头,哥就下到河塘里用耥网推上一阵,就能推上一小篮子的螺蛳。春天万物躁动,人也心火浮躁,马兰头和螺蛳都可以明目清火。

把螺蛳漂养在一只注满清水的大盆里,里面滴几滴香油,香油有香味,螺蛳闻到香味,都会从壳里探出头来吞吐吸纳,这样就容易吐掉壳里的泥沙。漂养一两天后,泥沙吐尽,剪去螺蛳尾尖,锅里倒油烧旺,下葱姜干红椒,讲究点的,还放五香。

倒入螺蛳,急火快炒。那时家里烧的是添柴火的土灶,炒螺蛳要急火,妈妈边炒边吩咐灶后添柴的我:"火拨大些,火拨大些。"哗啦啦啦,哗啦啦啦,炒螺蛳的声音传得老远。

螺蛳装在大瓷盆里上了桌,一人一根缝衣针,以备嘬不出来螺蛳肉的时候挑出来。把螺蛳放在嘴上,舌尖抵住螺蛳口,用力一吸气,"嘬",螺蛳肉就进了嘴里。我嘬螺蛳不厉害,要用手捏住螺蛳,厉害的嘬螺蛳高手不沾手,只用筷子夹起一只,送到嘴边,"嘬",就进去了,然后潇洒地将螺蛳壳扔掉。

香、辣、鲜,吃得巴掌上头不肯放。

吃完螺蛳剩下的空螺蛳壳是要扔到屋头瓦片上去的,每次一吃完螺蛳,我们捧一盆空壳,嘻嘻哈哈地往屋头瓦上扔,比赛看谁扔得远。有些螺蛳壳不听话,扔上去后还骨碌碌往下滚。

往屋头瓦上扔螺蛳壳,据说是因为暖和的清明春光里,万物苏醒,那些对人有害的细菌小虫也苏醒了啊,屋头瓦一年四季暴露在外,有害的东西最多,把螺蛳壳扔上去后,那些害人的东西就钻进螺蛳壳里,不往人身上钻了。

上初中时,学校有一对由上海下放的老师夫妻,极爱吃螺蛳,在吃螺蛳的季节里,每到星期六,妻子朱老师就拿只帆布袋嘱我摸点螺蛳带给她。上海人炒螺蛳不放辣椒,除了油盐酱醋外,还要放多多的花雕和白糖,吸一口螺蛳一嘴的甜汁。

谁会想到,多年之后,我会在上海生儿育女,融入这座城市?白云苍狗,人生难料。

儿时翻小人书,美丽的田螺姑娘就跃进了我的心里,再也不肯出来。

那个孤苦的青年捡到一只奇异漂亮的田螺,把它带回家养在水缸里。青年劳动去了,美丽的田螺姑娘就从水缸里出来,为青年做好喷香的饭菜,做好饭后又隐到螺蛳壳里。青年发现秘密后藏起了螺蛳壳,田螺姑娘走不了,就与青年结了连理,生了宝宝。

刚开始小日子甜得流蜜,后来怪就怪青年过上好日子得意而忘了形,戳了田螺姑娘的痛处。一日青年拿着螺蛳壳,边逗孩子边摇头晃脑:"丁丁丁,你妈是个螺蛳精,囊囊囊,这是你妈的螺蛳壳!"田螺姑娘一听他的调笑,羞恼交加,心想:原来你直到今日还嫌弃我是螺蛳精! 遂抓过螺蛳壳,隐进去,一下子无影无踪。

美丽与忧伤同在,也许,这就是民间故事。牛郎织女、董永七仙女、龙女文举、鲤鱼张珍……哪个不是?

人生，甜苦相融

在二十多年前我小的时候，家乡人管中秋不叫"中秋"，叫"八月中"。

那些年，月饼是稀罕的东西，吃到的机会并不多。一般到了中秋节，大人们买点肉和糖果回来就算过节了。

那一年的中秋节，二哥8岁，我6岁，家里刚刚盖新房不久，欠了外面不少债，一家人都尽量节衣缩食挤出钱来还债，妈妈也是没日没夜地在田地里干活儿，想多点收成快点还债。

小孩子平时没啥吃头，就特别盼望过节。可是中秋节那天我们很失望，妈妈大清早就上田里干活儿去了，家里什么也没买。妈妈中午是不回家的，她早上出门时带了一搪瓷缸饭菜，中饭就在田里吃。

我和哥哥吃了冷冰冰的中饭之后，就感觉嘴里淡得要飞出鸟儿来，寻思着要找点什么东西解解馋。可是翻来翻去，家里什么好吃的也没有。自从盖房子后，妈妈炒菜放油恨不得用筷子蘸,怎么可能会花闲钱买零嘴儿给我们吃?

　　正在我们怅然若失的时候,忽然听到叮叮当、叮叮当的声音,哥哥拉起我拔腿就往外跑,说:"换糖粑的来了,赶快去看!"

　　所谓"糖粑",就是凝固了的麦芽糖。

　　换糖粑的小贩挑着的箩筐里,是一块方形木板,木板上平铺着薄薄的一层麦芽糖,金黄色的,有着微微的波浪形花纹,表面还有一层若有似无的薄粉。

　　小贩的担子已经被许多孩子围住了,孩子们都盯着金黄的麦芽糖,眼里闪着渴望的光。麦芽糖不是拿钱买的,而是拿废旧东西换,塑料纸、穿破了的凉鞋、废铁丝等都可以。小贩知道孩子们口袋里是不太会有钱的,但废旧物品孩子们可以找得到。

　　隔壁的孩子马红拿了一把生了锈的铁丝,还有一些塑料纸来了。只见那个小贩收好马红的东西之后,拿出一把小薄刀、一把小钉锤,把薄刀对准糖粑,小钉锤当当当敲几下,一小块糖粑就敲下来了,然后把敲下来的糖粑递到马红的手上。

　　马红捏着那一小块糖粑,一小口一小口地咬着,炫耀似的咂巴着嘴:"真脆真甜啊!"

　　6 岁的我哪里经得了这种诱惑,哼哼着摇着哥哥的手:"哥哥,我也要吃糖粑。"哥哥的喉咙也在一耸一耸的,他也想吃了。可是家里没有废东西啊。凉鞋襻断了几次了,妈妈拿一根小钢锯在火里烧一会儿,往鞋襻断裂处一熔,哧,冒起一小股焦烟,鞋襻就粘好了。虽然结缝处有一点黑黑的印子,但还是可以再穿的。

　　好容易盼到鞋襻断的次数多了,不好粘,心想这下可以拿去换吃的了吧,妈妈却干脆拿剪刀把鞋襻剪掉,给我们当拖鞋穿。

　　可是那金黄的糖粑……又有几个人从家里拿来废东西换糖粑了,眼看木板上的糖粑越来越少了,我生怕等会儿都换光了,就哼得更大声了,并且更加使劲地摇哥哥的手臂。

　　哥哥带我回到家中,翻箱倒柜地找。最后哥哥垫着板凳,终于在五斗橱那个最高的抽屉里找到了一把很重的大锁。哥哥说,我们家门上都有锁,这锁也没见妈妈用过,一定是没用的。

　　换糖粑的小贩接过哥哥递来的大锁,脸上闪过瞬间的惊喜,既而鬼鬼祟祟地四下张望。但那时我和哥哥还不能理解这些,我们都专注地盯着金黄的麦芽糖了。小贩拿起薄刀和钉锤,敲下一大块糖粑递给哥哥,比马红的那块大多了。旁边的孩子们看得都瞪圆了眼睛,我和哥哥得意地捧着糖粑赶紧往家跑。我们换过糖粑后,小贩也挑起担子急急忙忙走了。

　　那一天,我和哥哥好好过了把糖粑瘾,糖粑很甜,甜得我齁了嗓子。

　　天擦黑时,妈妈从田里回来了。妈妈问我们:"饿了吧?"我脆生生地说:"不饿,妈妈,我和哥哥吃了老多糖粑,一点都不饿。"

　　"哪来的糖粑?"妈妈突然看到打开的五斗橱抽屉,仿佛猛地意识到什么,赶紧查看,我听到妈妈惊叫一声:"家里那个大铜锁呢?!"

哥哥挨了妈妈结结实实一顿打,我的脑门上也挨了妈妈一巴掌——那个大锁是个十足的大铜锁,是祖上传下来的东西,很珍贵。

妈妈那天晚上躺在床上,晚饭也没做。我和哥哥知道犯了大错,害怕得缩在墙角不敢动。后来夜深了,我靠在哥哥身上睡着了。

这么多年过去了,我还记得妈妈当时心痛、失望的眼神。而我们,为了一块糖粑的甜,却受了挨打和害怕的苦。

那时候的小孩子,看到别的孩子嘴里有一块水果硬糖,就会央求道:"咬一小块给我吧。"吃糖的孩子很不情愿地用手从嘴里拿出糖,咬一小块,送进对方嘴里,说:"只能给你这么多了,我也就这么一小块。"讨糖的孩子一脸陶醉,小心翼翼地享受着那丝丝的甜。

这样的场景,对如今的孩子来说难以想象,也永远不会出现在如今的孩子身上。就算是大白兔奶糖,现在的孩子也是不屑一顾。

不同的时代,不同的童年。但是谁又能说,那种缺乏甜味的童年不是一笔人生的财富呢?希望集团创始人刘永好在 20 岁之前,没有穿过一双像样的鞋子,没有穿过一件新衣服,他童年与少年时的梦想就是什么时候可以一周吃一次回锅肉,两天吃一次麻婆豆腐。这样的日子真是太美了!

当日后拥有数百亿身家的刘永好被人问及成功的秘诀时，他不假思索地说："其实没什么秘诀，很简单，就两个字——吃苦。我在20岁之前的经历，感受最深的就是吃苦教育，这是人生最大的教育。从某种意义上来说，这些苦难给了我信念、力量，同时也赋予我雄视天下、克服困难与坎坷的毅力与勇气。"

因此，20多年前中秋节的那次挨打的"苦"，以及后来在人生历程中遇到的诸种"苦"，我都不再刻意回避。

因为，我懂得——甜苦相融，才是人生。

人生何时始立秋

丰子恺说,人过了 30,就如节气过了立秋。

可是现在全不是那么回事儿,"八十不稀奇,九十多来兮,百岁笑眯眯,茶寿(108 岁)乐滋滋,七十小弟弟,六十睡在摇篮里"。

听听,60 还睡在摇篮里呢,108 岁还乐滋滋呢。

也不怪丰子恺,他的人生,几乎都在兵荒马乱之中度过,那时候人的平均寿命也就三四十岁。

好在丰子恺自己有着乐观、豁达、恬淡的心境,与同时代人相比,他 77 岁离世,绝对算是高寿了。

杜甫说:"酒债寻常行处有,人生七十古来稀。"在老杜那时的社会大环境里,70 岁,绝对算是高龄了,70 岁,稀少得如同六月雪、腊月花。

可而今的 70 岁呢?

那天我带着女儿芮芮去社区图书馆读书,图书馆附近就是社区老年活动中心。刚到图书馆，我们就被一阵阵悠扬悦耳的乐器合奏声吸引了过去。嗬，真热闹啊，一大屋子满面笑容的老人正围在一起快乐地弹唱呢。

旁边的一个大厅是舞蹈厅，一群神采奕奕的伯伯阿姨正在跳热辣的拉丁舞，那一举手、一投足、一扭腰、一昂头，哪里与"老态龙钟"这几个字沾得上边儿？铿锵激越的鼓点声让人忍不住兴起一种对生活的热望。

再往前走，是多媒体厅以及数字影院，老人们在里面可以看电影、上网、打游戏、查资料。

楼下就是一个规模不小的活动中心饭厅，老人们中午可以方便地在里面用午餐，实惠又好吃。

再往前一点，是社区医院，老人有个头疼脑热的，几步路就能看得上病。

……

经常晚上出去散步，经过那个广场舞池的时候，我都会驻足观望一会儿。那个舞池里每天晚上六点半准时响起音乐，慢慢地跳舞的人越聚越多，人头攒动。

慢三、快三、慢四、快四、伦巴、恰恰……舞者之中，老年人居多。男士女士都衣着得体，有些男士还身着燕尾服，有些女士还高高绾起发髻。随着音乐的节奏，他们翩翩起舞，一脸幸福的陶醉。

我不禁感叹，如今的老人，真是幸福啊。

那天在社区老年活动中心，我听朋友说，这里已经有好几位老人快跨过百岁门槛了，他们依然个个耳聪目明！老人们对自己的身体也格外注意保养。老人们说，乱世人命贱如草，年轻时吃过许多苦，挨过饿受过冻，现在日子过得这样舒坦，谁不愿多活呢！

有老人笑言，他们现在活得比过去的皇帝都好啊，不说那些几岁或十来岁就没命的皇帝了，单说超过 70 岁的就极少，最长寿的乾隆也只不过活了 89 岁，还顶了个史上皇帝"长寿之最"的称号！

想想也是，89 岁，在现在算什么？看看大街上有些健步如飞的老者，说不定就超过 89 岁了。

丰子恺有 30 "立秋"之感叹，而我周围这些幸福的老人，当 70、80 才"立秋"吧。

这些幸福的老人，他们秋心老练，参透生死荣辱，颇得刘梦得"自古逢秋悲寂寥，我言秋日胜春朝。晴空一鹤排云上，便引诗情到碧霄"的真义。

秋，本是感伤的，但在如今那些快乐、达观的老人眼中，看到的不是感伤，而是幸福、豁达、成熟与洞察。

番薯人生

一位要好的老同学给我打电话，几次哽咽。上个月，她的父亲患病离世，她还没来得及从父亲永远离开的伤痛中拔出来，她的丈夫又被医院诊断患上比较严重的结核病，医生说若不及时治疗，后果严重。她一下子就六神无主了。

说实话，最初接她电话的时候，除了默默倾听之外，我不知道还能说什么。这种时候，似乎说什么都是苍白的。经济上她暂时还没什么困难，我想，还是从精神上给她一点安慰吧。可是说什么呢？

那天偶然看到松下幸之助说的一句话，仿佛一下子点醒了我，大意是：人的一生，就像洗番薯一样，浮浮沉沉，沉沉浮浮，是很平常的事，一个人不会永远春风得意，也不会永远失意潦倒。

松下幸之助在年轻的时候，经常看到村子里有妇女在洗番薯。一个很大的木桶里装上水，水里有许多番薯，妇女们手拿一根粗木棍，在桶里面用力捣。在捣的过程中，那些浮在顶层的番薯不会总是在顶层,而那些底层的番薯也不会总是在底层,它们就这样循环往复,*浮浮沉沉,沉沉浮浮*。

在这浮浮沉沉的过程中,番薯就被清洗得干干净净。

松下作为日本的经营之神,或许更多的人知道的是他事业上的成功,却不知他的一生,尤其是前半生充满困厄与磨难:

10 岁时家贫辍学;13 岁时父亲离开人世,将生活的重担丢给了他;17 岁时他为了谋生差点淹死在河里;20 岁时母亲离开了人世;直到 34 岁才有了一个儿子,万万没有料到,儿子长到六个月竟突然夭折;他一生受病魔纠缠,40 岁之前有一半的时间在病榻上度过……

如此磨难的人生,如果放在平常人身上,可能早已被压垮了。可是松下幸之助却不是这样,无论遇到什么样的困厄,他都会将早年看到的村人洗番薯的记忆重温一遍,他觉得这种浮沉是正常的,是一种人生必经的涤荡过程。

松下就是本着这种积极的人生观,百折不挠,愈挫愈勇,终于以自己的病弱之躯,创造了一个商界神话。

我给老同学打电话,将这个番薯人生的故事讲给她听。她默默地听着。

最近一次她给我来电,语气明显轻快了许多,她说最近心情好多了,丈夫的病正在积极治疗,也在慢慢好转中。停了一会儿,她真诚地说:"谢谢你。"

我就知道,她听懂了我给她讲的番薯人生的故事。

她懂得了，浮沉，沉浮，这是一种生活必经的轮转与反复，没有必要太过伤怀，只有经过生活沙砾的磨砺，生活之水的冲刷，人生才会像番薯一样洗净尘垢，还原本色。

　　正如明朝高攀龙所说的那样："人生处顺境，好过却险；处逆境，难过却稳。"

　　正因为高攀龙也懂得番薯人生的道理，所以即使被锦衣卫追捕，他也能从容地吟哦："心同流水净，身与白云轻。"

今夜月无良

今夜，伴着窗外如银的月光，我读到了一首宋词："茅檐低小，溪上青青草。醉里吴音相媚好，白发谁家翁媪？大儿锄豆溪东，中儿正织鸡笼，最喜小儿亡赖，溪头卧剥莲蓬。"

须臾，我若涉江千里，置身于我江南的家乡，家乡的江南——那永远笼在一层如纱薄雾中的小村、掩映在青翠竹林下的青石板小巷、浸润在凉凉雨丝中的小石子路，还有那条永远潺潺不息的小河，几只小黑鸭在河面觅食、游戏，间或伸长脖子笔直地一头扎下去，尖尖的尾羽却露在水面上微微颤抖……

这充满灵性的一切，精致得仿佛一幅会动的水墨丹青！是哪位高明的画家手握马良的神笔挥就的？精致得让人不敢去触碰，生怕一触碰，这空灵的神韵就会消逝成一片淡淡的雾霭，清风一吹，就散了。

一轮满月，牵动半个夜的冰冰清光，细绪的帆船载我在时光的河流上飞驶。倏忽千年间，我看见了一位身披铠甲、美髯飘飘的将军正策马飞驰。啊,那不是"三十功名尘与土,八千里路云和月"的岳飞将军吗?忽然,他喝马缓行,久久凝视着什么,目光中满是赞叹和流连。

我顺着他的目光望去,哦,原来他是被月光下美得朦胧、静若处子的翠薇山吸引住了。无奈战鼓频催,他只好匆匆在山上的翠薇亭边写下那首千古流传的《池州翠薇亭》:"经年尘土满征衣,特特寻芳上翠薇。好水好山看不足,马蹄催趁月明归。"

呵,家乡的翠薇山啊,你用什么魔力让这位戎马倥偬的一代名将为你频频回首,缱绻流连呢?

多山多桥多水的江南,多山多桥多水的家乡!水上有月,月里有古代渺茫的箫声。

箫声中,月在走,云在行。

就在这样一个静谧而安详的夜,我枕着那轮满月沉醉在如丝如雾的乡愁河中——月无痕,梦也无痕。

脐带隐隐，靠近童年

台湾诗人舒兰在他的诗中说：

三十年前，

你从柳树梢头望我，

我正年少，

乡色正好，

你圆，

人也圆；

三十年后，

我从椰树梢头望你，

你是一杯乡色酒，

你满，

我也满……

故乡,在每个人的生命中,都是一个绕不开的话题,都是一座无法逾越的山峰。

故乡的歌,是一支清远的笛,总在有月亮的夜晚响起。

故乡,对于纳兰,也是如此。

在月色清辉映照窗棂的夜晚,纳兰总是想起故乡,想起童年。这一头是生活的负荷,行色匆匆,靠近心脏;那一头是故乡的月色,脐带隐隐,靠近童年……

(一)掏蜜蜂

当油菜花开得漫天漫地,我的眼睛所到之处是无际的金灿灿时,这种我无法用语言表述出来的美,将我小小的心震撼得有些晕眩,我会待在那里,暂时失语。这时,会有一架架小小的直升机嗡嗡地从我头顶飞过——那是蜜蜂。

春日暖阳下,我们嗅着满世界令人有点昏昏欲睡的花香,一手拿一根细棍或一根火柴杆儿或一截细笤帚枝,一手拿一个空玻璃瓶,在一堵堵土墙前面流连。

土墙上有无数个小小的洞眼,密密麻麻,错错落落。把眼睛凑近一个洞口,嗬,一只憨憨嘟嘟的蜜蜂正趴在里头打盹呢!

蜜蜂一看见我,下意识地往洞里缩了缩,不要紧,用细棍轻轻捣捣它,它又往里缩了缩。可是洞深有限,再轻捣,它发出不满的哼哼声——"讨厌,在睡觉啦,吵死啦!"不出来是不是?看你有耐心还是我有耐心！我用小棍连续不断地轻轻捣它，它受不了啦，极不情愿地慢慢地从洞里往外爬，边爬还边在哼哼——"好啦好啦，别再烦我啦，出来就是啦！真是的，吃不消！"我用玻璃瓶罩住洞口，它乖乖地爬进我的瓶里去了。

小瓶里有油菜花、萝卜花、蚕豆花、桃花、杏花，掏了几十只蜜蜂，透过透明的玻璃瓶，看蜜蜂们在里面飞着、旋着、振翅着、爬着，有种山花浪漫蜂儿绕的野趣。

洞里的蜜蜂大部分是"好"蜜蜂，这种蜜蜂性情较温和，一般不蜇人，虽然屁股上的尖刺也是一缩一缩的，样子挺吓人，但只要稍稍小心点，就不会被蜇着。

但运气不好的时候，会碰上"坏"蜜蜂，我们称之为"骷髅蜂"，它投射"标枪"的速度极快极准。骷髅蜂比普通蜜蜂个头大，但腰细些，在洞里光看脑袋看不出太大差别，等到把它捣得不耐烦往外爬的时候，才看清原来是只骷髅蜂，有时候"妈呀"还没喊出口，就被它一枪刺中，然后抱头鼠窜，哭爹叫娘。

掏出来的蜜蜂命运最好的是，我们欣赏一段时间后，便将它们从瓶中放飞。我们将瓶子高高举起，蜜蜂争先恐后地从瓶口振翅高飞的景象有点鹤翔九天的味道。

次之是将它们当"马"拉"车"，用细线系住蜜蜂的腰，然后线尾拴半只蚕豆壳或花生壳，壳里自然装点土啦、米啦之类的"货物"，再用火柴棍儿拴一截线头，算是鞭子。然后几个人将自己的"马"拉上"车"比赛，看谁的马最牛。最牛的一次是桃红的哥哥献忠的"马"，居然拉动了一个空火柴盒！

命运再次之的是将蜜蜂投进水里看它们"花样游泳"。蜜蜂被投进水里后翅膀会高速振动，身子在水中也不停地旋转，随之就会掀起以蜜蜂为中心点的一圈圈很好看的涟漪。如果数十只蜜蜂同时被投进水里，就会有数不清这样的涟漪一圈圈荡漾开去，的确壮观。这些蜜蜂中，最后只有几只能够再跌跌撞撞地飞起来，其他的最后都会因力气用尽而不动了。

命运再再次之的是把蜜蜂捉住，然后滴上厚厚的蜡烛油，做成神秘的半透明的"琥珀"。本来我们不懂得什么叫琥珀，是已经念书的献忠告诉我们这么做的。

命运最不济的蜜蜂是被吃了"蜜"。现在回忆起来，感觉人也许天性里就有"恶"的本性，不然如何解释不懂世事的小孩子对小昆虫会如此手不留情，可《三字经》里偏说"人之初，性本善"。

所谓"蜜"是指蜜蜂肚子里一个透明的腺体，圆溜溜、晶莹剔透的，非常甜。这对于那时很少有糖吃的孩子来说诱惑力可想而知。把蜜蜂拦腰截断，然后拉开蜜蜂肚子，晶莹的腺体就露出来了，放在唇间一抿，极甜。

长大后，在油菜花开的季节里，看到那些忙忙碌碌的小生灵，我都会心生歉疚——只为那一瞬间一点点的好玩或甜蜜，就断送一个勤劳无辜的小生命，怎一个歉字了得？

（二）甜瓠子

以前跟同事说起瓠子，他们不懂，说什么是瓠子，怎么写，我说是一种长粗如手臂的瓜，"夸""瓜"的合写，发音同"户"。他们说没吃过，上海可能没有，就是有，也不认识。可是就是这个瓠子，我从小吃到大，在上海我也偶尔见到，买到过几次。

母亲种瓠子很有一手，每年夏天，菜园里的瓠子结得粗似成人手臂，一个一个垂吊在架子上，把架子都拽弯了。最寻常的瓠子吃法是做汤，家乡叫"打汤"，嫩瓠子用锅铲刮去表皮，切成条，放入开水锅里，煮软加佐料就可出锅。

汤热腾得烫嘴，瓠条白里透着鲜绿，吃到口里打个滚儿就溜进了喉咙。滚烫的瓠子汤吃得人满头大汗，哈嘘哈嘘，清清爽爽的热汤下到肚里无比熨帖。

再就是将瓠子切薄片炒肉片，瓠子切细丝下面条，还有就是将瓠子切细丝与面粉、葱花和在一起，做成瓠子饼，用油煎得两面脆黄，脆脆的外壳，软软的里子，很香。

后来读到《诗经·小雅》里的《瓠叶》一篇，想，哟，原来瓠子都被老祖宗们吃了几千年啦，老祖宗不但吃瓠子，连瓠叶都吃。"幡幡瓠叶，采之烹之。君子有酒，酌言尝之。"

主人家来客人了，主人说："今天天气真好啊，清爽的小风吹着，吹得我菜园里的瓠子叶上下翻飞，我去采些嫩嫩绿绿的瓠子叶来炒炒,然后我们边咪小酒边聊天。"这日子,没的治了,害得我都想哪天有朋自远方来,去菜园摘点被清风吹拂的瓠子叶招待老友,想想多有诗意呀!

这《诗经》里的主人炒了瓠子叶又想,招待客人光瓠子叶那哪成啊,得来点荤的吧。于是他又说:"有兔斯首,炮之燔之。君子有酒,酌言献之。"原来主人家里还有只兔子,肉儿嫩着呢,主人要捉去烧烧烤烤当下酒菜呢。

我不喜欢这一句,因为这句子里似乎隐约弥散着那只可怜小兔子的血腥气,还是喜欢被清风翻卷着的瓠子叶。

不过替几千年前的那位主人想想,也是,生活在寻常俗世间,有素也有荤,有淡也有浓,有欢喜也有忧伤,这才是脚踏在实地上的人生啊,否则人会感到凌空虚蹈,不自在的。

在寻常生活里,吃饺子是实在寻常不过的了。老话说:"好过不如倒着,好吃不如饺子。"

这老话说得就是实在,还有比累极了倒在床上写个大字鼾声如雷更舒服的吗?吃饺子也是,好吃的饺子吃起来能让人不舍得抬起头来,只想着一个接一个往嘴巴里填——瓠子馅儿的饺子就是这种好吃的饺子。

把瓠子剁成极细的小丁丁,与肉末一起加葱花、芝麻油等佐料和成馅儿。包好的饺子煮熟了,里面瓠子的淡绿色隐隐约约。蘸上小碗里的用老干妈辣椒、香醋、麻油、熟芝麻调成的调料,抢我一个我都跟你急!

瓠子算得上是一种美丽的植物,茂盛期藤蔓如云,风一起绿叶翻飞,洁白柔嫩的小花摸上去有种绢丝的质感。花快谢的时候,花萼下面是一个个翠绿如手指般大小的迷你小瓠子,长着软软的茸毛,非常可爱。

还有瓠子的子,洁白温润,放在手心里,像极了一颗美人的牙齿。这点老祖宗也早注意到了,《诗经》里早就说过:"手如柔荑,肤如凝脂,领如蝤蛴,齿如瓠犀,螓首蛾眉,巧笑倩兮!美目盼兮!"

初读这句,我知道是讲女孩子长得标致的话,但其中两小句不懂,"领如蝤蛴,齿如瓠犀","蝤蛴"是什么东西,"瓠犀"又是什么东西?后来得知"蝤蛴"是天牛的幼虫,我不禁鸡皮疙瘩落了一地——我见过那个东西,圆滚滚、白乎乎,还一动一动的,好好的美女脖颈,竟被比喻成一只蠕动的白虫子!本来想亲一口的心情,现在没了。

不过把美女的牙齿比喻成瓠子的种子,倒是贴切得很,白白的、小小的、齐齐整整的,想想就可爱。

(三)苦瓠子

你吃过苦瓠了吗?我猜可能没有,因为苦瓠子不常有,就算像我这样小时家里种了不少瓠子的,吃到苦瓠子的机会也不多。但我吃过一次苦瓠子,那种不逊黄连的极苦味道很难忘记。

一般给瓠子用锅铲刮皮前我都要刮开一小块瓠子皮,然后尝尝,但极少尝到苦瓠子。正因如此,有一次我偷懒没有尝就将瓠子直接烧了汤,烧好汤也没尝就直接端上饭桌。爸爸爱喝瓠子汤,他先喝了一口汤,喝到嘴里突然眼睛睁得老大!汤蛮烫,他努着嘴不知是吐好还是吞好。最后跑到外面吐掉汤,他哈着气,又是喝清水又是吃菜,还苦得脸皱成一个苦瓜。我不甘心尝了一小口,啊呸!那种苦直顶脑门子!

妈妈说苦瓠子汤不能吃,也别乱倒,有毒的,牲口和鸡鸭吃到都会没命的。她便在门口菜园里挖了个坑,把苦瓠子汤倒进去埋了。

村里早年有因为吃苦瓠子而丢性命的人。一个老人一生节俭,不小心炒了苦瓠子,后来觉得倒了可惜了油盐,就硬着头皮吃下去,结果肚子痛得在地上打滚,那时医疗条件不发达,耽误了一阵,老人就丢了性命。从此,村里所有人都知道苦瓠子吃不得。

小时候我不懂苦瓠子为什么能毒死人,后来才知道苦瓠子里含有一种植物毒素,叫苦葫芦素,这种毒素很稳定,无论烧煮蒸烤都破坏不了。

妈妈是个种庄稼的好把式,关于庄稼的事她懂得很多。每次我去菜园摘瓠子,她都要叮嘱我:“注意点,别碰坏了瓠子藤,不然瓠子要变苦的。”我就纳闷,为什么不能碰坏瓠子藤呢?妈妈讲不出什么高深的道理,只是说:“叫你别碰就别碰,碰坏了藤子就结苦瓠子了!"

如今我才明白,那是瓠子母株保护自己小瓠子的一种自卫方法,当有敌人侵害自己时,母株知道自己周围有了危险,就分泌出一种极苦的毒素,使敌人闻苦而逃——这是母株为保护孩子而做出的选择。

不是苦瓠子,动物世界里的母亲在保护自己孩子的危急关头,她们的选择也总是令人无法不为之动容:

一条泥鳅在锅里被煮的时候,拼命挺起肚子,后来才发现她的肚子里是满满的泥鳅子,泥鳅妈妈为了保护自己腹中的孩子而拼命挺起肚子。

一片树林失火被扑灭后,人们发现树下有一只已经死了的大鸟,鸟翅还保持着裹起的姿势,裹起的鸟翅里还有几只活着的羽毛未长齐的小鸟。原来起火的时候小鸟在鸟窝里,大鸟知道火势是由下而上的,为了保护孩子她放弃了自己生的希望,将小鸟裹在翅膀下径直冲到树下,裹起翅膀的大鸟是无法飞行的,但这样她可以让孩子有生的希望。

汶川地震中,一位母亲直到生命最后一刻仍顽强地撑起背上的废墟,将襁褓中的婴儿裹在怀里,当救援人员发现她时,她早已停止了呼吸,但她的婴儿还甜甜地吃着她的乳汁,那则生命终点的短信让无数人泫然泪下:"亲爱的宝贝,如果你能活着,一定要记住,妈妈爱你。"

人有拳拳母爱,但孰言草木无情,禽兽无义?对世间万物怀着珍爱和敬畏,是一种良善之心。写出《爱莲说》的硕儒周敦颐,才学冠绝,同时也良善过人,他"窗前草不除"。那个写出"长亭外,古道边,芳草碧连天"的弘一法师李叔同,一生行路怕伤蝼蚁命,爱惜飞蛾罩纱灯。他们都认为小至小草、蝼蚁、飞蛾,都体现了自然界的一种"生意",为什么要对它们赶尽杀绝呢?

老话里叫命苦的人有一个称呼叫"苦瓠子",觉得这个称呼好贴切——跟苦瓠子一样苦,那命真是苦不堪言,听起来万般凄凉。《红楼梦》里就有好些个"苦瓠子",最有代表性的就是周姨娘和赵姨娘。

有一节里说凤辣子要过生日了,贾母提议大家伙儿凑个份了,人辣心也辣的凤姐提醒贾母别忘了要赵姨娘和周姨娘也各出一份钱,尤氏就骂道:"你这没餍足的小蹄子,这么些婆婆婶子来凑银子给你过生日,你还不足,又拉上两个苦瓠子做什么?"

周姨娘就不多说了,她是贾政的妾,命苦,没生出个一男半女,一生受欺,没人将她放在眼里,年轻时是男人的玩物,年老色衰时则是孤老婆子一个,"心如槁木"地活着,贾政大老婆也就是宝玉他妈屋里来客人时,她打打帘子,摆摆垫子,贾府里有点身份的奴仆都不干这个活儿。

尤氏说的另一个苦瓠子就是赵姨娘,贾政的另一个妾,生了贾环。《红楼梦》里频繁地看到这个赵姨娘闹腾来闹腾去,初看这个女人挺讨厌,其实仔细想想,她也是一片爱子心切。她闹来闹去的主要目的,就是想让自己的儿子贾环压下宝玉的得宠风头。

谁知道贾环因为自己是妾生的而倍感自卑，加上宝玉处处得宠，他索性破罐子破摔，让赵姨娘恨铁不成钢，让她的一片爱子之心付诸东流。本指望借儿子改改这苦瓠子命，可到临了，还是苦涩依旧。

一篙子荡得有点远了，拔回来。有一次妈妈发现一棵瓠子藤上结的是苦瓠子，为了节省地肥她就把那棵苦瓠子拔了，我却发现，不久那棵苦瓠子的藤叶就枯萎了，但是离小瓠子半尺长的那一段瓠子藤还是青绿的，小瓠子也是青绿的——原来是瓠子藤竭尽全力将体内仅剩的养分留给了小瓠子。这种时候，我才懂得"草木并非无情"这句话的含义。

就算是一株小小的苦瓠子，有了这样一种赴汤蹈火的母爱，也令人无限动容。

（四）虫"惧"

小时候，一到暑假，家里种的棉花就生棉铃虫，爸爸就带着我和哥哥们去棉花地里捉棉铃虫。

我非常害怕这种肉乎乎的虫子，一看到身上就发冷，鸡皮疙瘩都冒出来了。

棉铃虫要清晨捉，太阳还没有出来，棉花上到处都是露水，我们找棉铃虫就要根据它清晨刚刚排泄的新鲜粪便，然后准确地捉到它。棉铃虫的粪便一小颗一小颗的，就像麦乳精的小颗粒。呵呵，打这样的比方似乎不太恰当，但那时候我看到那样的一小颗一小颗嫩绿色的小颗粒，真的就产生了这样的想法。

看到棉花叶子上有新鲜的棉铃虫粪便，我们就在附近寻找，一般能很快发现一条肥硕的棉铃虫正在一个棉桃里享用早餐。那懒洋洋的惬意，让我看了都妒忌。

一开始看那个棉铃虫，那样肉乎乎的，一耸一耸的，我怕得不得了，哪敢捉啊。我便在手上套个透明的塑料袋捉，可是棉铃虫藏在新鲜的棉桃里，戴着塑料袋不好掰开棉桃啊。脱下塑料袋掰开棉桃，再套上塑料袋捉虫子，耽误时间不说，还捉不准，总之非常不方便。看到哥哥和爸爸他们的小瓶里已经装了许多条虫子，我的却不多，我着急了，不行得赶紧捉啊。

后来，再看到棉铃虫，我就闭上眼睛，拇指和食指一捏那肉乎乎的身子，心就一阵发紧，头皮发麻，但还是赶紧捉住丢进带来的小瓶里。

有了第一次的胜利经验，再捉，害怕的感觉就小多了。后来捉多了，越看到个儿大的、肥硕的、圆滚滚的，我就越开心。我大声喊："看，我又逮到一条巨无霸！"逮到小的我已经不过瘾了。

最高兴的是逮到棉铃飞蛾，爸爸说，这些棉铃虫都是这些飞蛾产的卵，逮到一个棉铃飞蛾，等于逮到几百条虫子。因为飞蛾一次能产几百粒子，这些子孵化了就都成了虫子。一条棉铃虫就能毁掉一棵棉花！

我们一般随手带的瓶子是啤酒瓶,把啤酒瓶里装上小半瓶水,捉到棉铃虫就丢进瓶里淹死它。往往一清早能捉一百多条。

捉好虫子之后,我们把瓶子带到家里的水泥打谷场上,每人倒出瓶里的棉铃虫,用小树棍儿数个数,看看谁捉得最多。个头大小不论,只论个数。捉到最多的那个人最开心。

数完了之后,我就唤鸡来吃掉虫子。我们数虫子的时候,鸡早就在四周急不可待地转圈了。肥硕的棉铃虫对于鸡来说是一顿美餐呢。

其实棉铃虫不算什么,我怕的还有苎麻上的虫子。记得有一年,麻的价钱非常高,第二年,几乎家家户户都种了许多麻。麻长到一人多高的时候,就要剥麻。什么叫剥麻?剥麻就是把麻的植株从中间折断,然后把植株的皮剥下来,只剩下白生生的麻秆。

这些皮经过水浸,然后用特制的麻刀把最外层的皮剥掉,剩下来的就是柔韧结实的麻了。这个麻可以做麻绳,也可以做衣服。当时卖得很贵。

可是人们都不懂得这个道理,第一年贵,那是因为稀少,物以稀为贵嘛。第二年,家家户户都赶紧多种,那肯定会贱得要死了。许多人家地没种别的,都种麻了,没想到,麻贱得一塌糊涂,许多人家都亏得要死。麻卖不出去,只好放在家里一捆捆的,一年的辛劳都打水漂了。

在麻地里剥麻的时候,麻叶子上会有一种毛毛虫,大概有一寸多长,红褐相间的身子,爬起来时身子耸得老高。我一看到心里那个发麻啊,妈妈叫我剥麻,我怕得不得了。可是没办法,家里麻多,必须要抓紧剥,好早点上市,稍稍多卖点钱。

我好怕,硬着头皮上麻地里,把衣服裹得严严实实的。有时候剥着剥着,感觉脖子痒酥酥的,一摸,肉乎乎的,吓得我连滚带爬,尖叫不已,哭了好久。

后来大哥总是在我前面把麻叶子上的虫子捉掉才让我剥麻,我才大胆多了。

我最怕的是黄豆上的大青虫,那个大青虫粗得不像话,有成人的食指那么粗,绿色的,跟豆叶的颜色一模一样,头上还长着两只角。

妈妈叫我去地里拔黄豆时,我的心里打鼓个不停,但好在那虫子不是特别多,所以每次拔黄豆时,我都先仔细检查一番才敢下手拔。

可是总有失手的时候。有时候明明觉得没有虫子了,下手拔的时候,还是会一手捞到一个软乎乎的大家伙,吓得我又是一声尖叫。那家伙懒洋洋地蠕动着肥硕的绿色身子,头上的角一晃一晃的。

隔了这么多年时光,棉铃虫、麻虫、豆青虫,都已经在记忆里模糊了。但无论时光如何变迁,我依然还是一个虫"惧"。

（五）养小鸡

燕子飞时,绿水人家绕的春天来了,卖小鸡的担子也就来了。

不用像寻常小贩那样吆喝,卖小鸡的担子走到哪儿,附近的人们都会知道,因为老远就能听到小鸡雏叽叽叽的声音,持续不断地灌入人们的耳朵。

担子里不光有小鸡,还有小鸭、小鹅。我特别喜欢揭开担子的盖去看里面的小鸡、小鸭,好像无数的小绒球在滚来滚去,叽叽叽,声音又嫩又响。

黄嫩嫩的小鸭子,扁扁的小嘴,我爱不释手,小心地将它抱在怀里,忍不住亲一口,央求着妈妈买几只下来。

小鸭子本来可以游水的,但和小鸡们在一起待久了,友爱得很,从不下水,水鸭子也变成了旱鸭子。鸡妈妈也将几只小鸭子当成自己的娃娃养,亲得很。

鸡妈妈带着一大群小绒球在外面玩耍,鸡妈妈找到什么吃食了,含在嘴尖上,嘴里发出急促的一连串的咯咯咯咯的声音,那是在呼唤小鸡娃们来吃,意思是"宝贝们,妈妈找到好吃的了,快来吃呀!"小鸡娃们赶紧跑过来全给吃了,鸡妈妈却不吃,只歪着脑袋疼爱地看着小鸡娃们欢快地吃。

小鸡娃们总是把好吃的吃得一点都不剩,也不给鸡妈妈留一点儿。后来,我每每想到这一情景的时候,就想到妈妈总是把好吃的统统留给几个孩子,而不懂事的我们也像小鸡娃们一样一扫而光,从来没说省一点留给妈妈吃。

小时候不懂,长大了自己有了孩子就懂了。妈妈永远是"妈妈喜欢吃鱼头"。

一次邻居家的大黄狗跑过来玩,鸡妈妈看见了,赶紧呼唤小鸡娃们躲到它的身后,对着大黄狗老远就挓挲起全身的羽毛,摆出一副斗争的样子,鸡脸都涨红了,嘴里发出警告的咕咕声。大黄狗也许是被鸡妈妈的气势给震慑住了,没说什么,甩甩尾巴,掉头就走了。

傍晚了,该休息了,鸡妈妈就在大门边的墙角蹲下,小鸡娃们全都钻进它的肚子底下,小鸡娃太多,鸡妈妈就将翅膀挓挲得大大的,让鸡娃娃们躲在自己的翅膀下面。有些小鸡娃干脆跳到鸡妈妈的背上,鸡妈妈也不恼,眯缝起眼睛,悠然地打着盹。

有一次,因为我的不小心,让一只小鸡娃丢了性命。现在已过去好多年了,但偶然想起来,我还是感觉对不住那只小鸡娃,它才出生没几天啊!

那天放学回来,妈妈在田里干活儿还没回来,我负责把鸡妈妈和小鸡娃们捉起来放进大箩筐里。正忙乎的时候,我一转身不小心踩到了一只小鸡娃,小鸡娃立刻栽倒在地,不停地扑腾,我当时吓得脸都白了呆立在那里。

待反应过来的时候,我立刻拿了家里的木洗脚盆,翻过来,把小鸡放在盆底不停颠簸——这是从前邻居红艳姐姐教我的办法。

可是颠簸来颠簸去，小鸡还是没活过来。我又心疼又害怕，心疼好好的小鸡娃被我断送了性命，害怕的是妈妈回来肯定要给我吃竹条子。

幸运的是，妈妈回来只是数落了我一顿，并没有打我。

但我还是很内疚，在屋后的桑树底下挖了一个小坑，把小鸡娃放进去，认认真真做了个小坟。

我在小鸡娃的坟边静默了良久。

（六）焐小鸡

春天杨柳绽开黄绿眉眼儿的时候，妈妈就要准备焐小鸡了。

妈妈虽然不识字，倒是会养鸡。别人家的鸡今天霍乱，明天鸡瘟，弄得鸡飞狗跳，可是我家的鸡往往平安无事。有乡亲问妈妈秘诀，妈妈挓挲着双手有点得意地说："我也不知道怎么回事啊，这双手发鸡。"

妈妈那双粗糙勤劳的手不但发鸡，还发瓜菜，我家的丝瓜、葫芦、南瓜、冬瓜、瓠子等等，一个个结得就像比赛似的。

妈妈说："人勤地不懒，人勤鸡也不会懒。三个小伢子都念书，哪有钱买肉吃？不多养几只鸡，伢们馋来怎么办？"

像妈妈说的，人勤鸡也不懒，家里果然有三四只老母鸡要抱窠了。"抱窠"就是母鸡想焐小鸡，想当鸡妈妈了。这时候的老母鸡就会一天到晚焐在鸡窝里不出来，而且咯咯的声音也变了，由一种清脆的声音变成了一种低沉的充满母性的声音。

妈妈拿出三个装稻子的箩筐，箩筐里垫上厚厚的稻草，稻草上再放上软软的棉絮、细布之类的东西。妈妈再把平时积攒的鸡蛋搜罗起来，到养了公鸡的人家去换鸡蛋。

不是任何鸡蛋都能孵出小鸡，能孵出小鸡的鸡蛋都是要经过挑选的。妈妈会选，我就不会。我把鸡蛋拿在手里翻来覆去地看——这些蛋也没什么分别啊！这就是经验的宝贵之处。

一只箩筐里放二十来个鸡蛋，再把老母鸡抱进去焐在蛋上面。

母鸡严严实实地趴在鸡蛋上面，用自己的体温焐着，有时鸡蛋滑到身子外面，它还会用翅膀把鸡蛋往里兜一兜。母鸡要静静地焐上二十五天左右，其间每天出来吃点东西喝点水，然后又进去焐蛋。母鸡出来吃东西的时候，我要记着用棉絮把鸡蛋保好温。

孵小鸡的这段日子，鸡妈妈很辛苦，除了每天几分钟的时间吃点东西喝点水，几乎二十四小时不下窝。等小鸡都出齐了，母鸡肚子上的羽毛都会掉光的——妈妈真是不好当。

二十多天过去了，有一天忽然听见一声嫩嫩的叽叽声，我赶忙轻轻扒开母鸡看一看，啊，一只鸡蛋破了一个小洞，露出了一只尖尖的嫩黄的小嘴——小鸡要出来了！

我诧异于生命的神奇,这么弱小的鸡居然用小嘴啄开了坚硬的蛋壳!

半天左右,蛋壳就裂开成两半,小鸡就完全出来啦!

刚从蛋壳里出来的小鸡,浑身湿漉漉的,还要在鸡妈妈肚子底下焐干绒毛,才可以捉出来。接下来三四天之内,小鸡就接二连三地出来了,我和妈妈忙得不亦乐乎。把焐干了毛的小鸡捉出来放在大木盆里,然后撒上在水里浸泡过的细米和切得很碎的青莴苣叶子,再把鸡蛋壳从箩筐里拿出来。

一只只小鸡像一个个毛茸茸的小球在木盆里滚来滚去。亲眼看着一个个静止的鸡蛋变成了一个个灵动活泼的小鸡娃,是一个非常惊奇而开心的过程。

到最后总有几只小鸡没焐出来,妈妈说那叫"僵蛋",是因为小鸡在蛋壳里发育到一大半而夭折了。这种鸡蛋妈妈就拿出来放在灶火里烧,烧得有点焦黄,说有营养可以补身体,还能治肚子疼等等,要我们吃。

哥哥敢吃,我不敢吃,因为那就是一只只已经成形的小鸡,茸茸的毛都长好了的小鸡,我看着都害怕,别说吃了。

……

在这月色清辉洒落绵绵千里的夜晚,纳兰倚窗而坐,想起故乡,想起童年。

这一头,是生活的负荷,行色匆匆,靠近心脏。

那一头,是故乡的月色,脐带隐隐,靠近童年。

寥廓夜色，在书香墨韵里游走

回北方之前，我就挑拣好七八本书准备带着了。先生说，扰扰攘攘的，没有多少悠闲时光读书的。我说，不管，先带着再说，安心点，书一点不带，感觉没着没落的。

笔记本电脑不带了，累赘，再说老家无线网络也不方便。

我和先生以及孩子们的书，十多本。书占地方，还重，除了孩子们必带的东西之外，就只好将其他东西精简又精简了。

婆婆这边的风俗，从初一开始，各种拜年络绎不绝，舅拜姑，姑拜舅，女儿回娘家……

招待客人是累的。虽然我的烹饪厨艺并不是太好，但当甩手掌柜肯定不合适，婆婆转几圈就会头晕，我只好扎上围裙煎炒烹炸。

除了亲戚，还有先生的昔日同窗、朋友、发小……盛情难却。

前日，读作家周国平老师的文章，他在文中说："我的建议是，在春节长假里，不但停止忙碌，而且停止热闹，不去旅游热点,不去娱乐场所,就坐在自己家里,与亲人相对,最多邀二三好友,过一个清静的节日。"

"一年忙到头,忙于劳作,忙于交往。过年的时候,劳作暂停了,交往也节制一点吧,无论外面多么热闹,也给自己留一点独处的时间吧。把心静下来,与正在离去的旧'我'道一个别,向正在到来的新的'我'许一个愿……"

其实,我何尝不想像周国平老师那样,躲在小屋里,守着这一年的最后一刻寂寞? 当岁月的闸门一年一度被打开时,独自坐在坝上,看生命的河水汹涌流过。岁月的闸门已经打开许多次,生命的河水已经流走了太多。每到旧年离去,新年到来,我都会感到一种莫名的惆怅。

那离去的一年,对于每一个人来说,它都是独特的,是自己生命中一个不可重复的片段,铭刻着特殊的悲欢和经历,而它却永远地消逝了。守岁是一种诀别,必须独自面对,一个人怎么能把自己生命中如此珍贵的片段和众人的片段混在一起,让它不明不白地消逝,因而真正消逝得无影无踪呢?

过年是一个机会,它提醒我们,岁月易逝,生命有限。这岁月不是笼统的岁月,而正是你的岁月;这生命不是抽象的生命,而正是你的生命。你也许有点儿伤感,但有点儿伤感没什么不好。你必须心疼你的生命,才会好生照料它;必须怜惜你的昨天,才会珍惜你的明天。在平时的匆忙中,我们的那个最本真的自己往往遭到了忽视和冷落,甚至可能迷失了。那么,现在让我们把它找回来,让我们亲近它,爱护它,带着它重新上路,从此不再把它丢失。

……

每天清晨,我还是沿袭着在上海的晨读习惯。不同的是,在上海,是手机闹钟按时响起;而在老家,替代闹钟的却是此起彼伏的喔喔鸡鸣。

先生同窗聚会,聊起那些高考往事,聊起一位同学复读了五年,最终还是榜上无名归乡务农,差点精神失常。

那个年代,农家孩子要想改变祖辈面朝黄土背朝天的命运,唯一的出路,就是读书考上大学。

艰苦而辛酸的往事隔着时光的帷幕,竟然有着令人心折的光芒。

想起少年时的自己,喜欢看"闲书"。可是看"闲书"是多么奢侈的享受啊!无休无止的题海压得人头都抬不起来。

我清楚地记得,有一天在老师办公室翻看一本《宋词鉴赏》,我如痴如醉,不忍放手。当我依依不舍地把书放回书架时,我对自己说:如果有那么一天,我能无拘无束痛痛快快地看这些书,该多幸福啊!

在上海前十年,我从一无所有到工作、恋爱、买房、成家、成为俩娃的妈咪,把陌生都市变成第二故乡,完成一个女孩子应该完成的人生历程或人生任务。

这一阶段,经历五味。为了基本的生存,我在生活夹缝里奔袭。读自己喜欢的书,依然是奢侈。

梁实秋说:"我喜欢书,也还喜欢读书,但是病懒,大部分时间荒嬉掉了!所以实在没有读过多少书。年届而立,才知道发愤,已经晚了。几经丧乱,席不暇暖,像董仲舒三年不窥园,米尔顿五年隐于乡,那样有良好环境专心读书的故事,我只有艳羡。"

我也很艳羡董仲舒和米尔顿。

记得梁实秋说的最影响他的七本书,我无比汗颜地发现,我只读过其中三本。

第一本书是《水浒传》。

第二本书是《胡适文存》。

第三本书是白璧德的《卢梭与浪漫主义》。

第四本书是叔本华的《隽语与谶言》。

第五本书是斯陶达的《对文明的反叛》。

第六本书是《六祖坛经》。

第七本书是卡赖尔的《英雄与英雄崇拜》。

除了一、二、六,其他的我竟从未涉猎。书海无涯,如何让自己做一尾遨游更广的小鱼呢?

常听朋友说我:"纳兰,怎么感觉你好像没有烦恼似的,成天看你乐呵呵的。"

我在想:现在的我多幸福啊,不用被无边题海压着,可以看自己喜欢的书,可以写自己喜欢的文字,有自己喜欢的工作,吃得饱穿得暖,亲人们安康,孩子们可爱,还烦恼什么呢? 幸福莫过于此……

　　这样想着,随手拿一本书,在这北方平原的寥廓夜色里,伴随着孩子们均匀而轻微的呼吸声,在书香墨韵里游走……

听从内心的呼唤

　　拿起笔写下"听从内心的呼唤"这七个字的时候，我就想到了奥普拉。

　　这个历经苦难却最终凤凰涅槃的黑人女子，她用她的人生经历告诉人们何为"凤凰涅槃，浴火重生"。

　　奥普拉，这个黑人女子是当今美国最具影响力的文化传媒领袖，她的《奥普拉脱口秀》赢得了亿万观众的心。她成为第一位进入福布斯排行榜的女性。而她成功的背后是无比辛酸、艰辛的往事。

　　1954 年，奥普拉出生在美国南方的一个又脏又偏僻的农场里，靠母亲干些喂猪的杂活儿来养活。她的母亲实在无法忍受这种贫苦的生活，把她扔给祖母就离家出走了。

　　受人歧视的黑人生活使奥普拉从小就尝到了人间苦难。小奥普拉遭到亲戚性侵，后来生下一个孩子，婴儿两周后就死了。得不到关心和保护的奥普拉开始自暴自弃，她离家出走、偷东西、吸毒、打架、鬼混。

后来是在外服兵役的父亲把她从深渊中拯救了出来，引导她开始新生活，父亲激励她追求卓越。

奥普拉的内心被唤醒，她决定成为最好、最聪明的人。"我要看看自己的生命里究竟能发生什么样的事。"17岁的奥普拉暗下决心。她重返学校，后来考上了大学。在田纳西州州立大学读一年级时，她就苦练口才，后来凭着自己出色的口才获得了"田纳西小姐"的桂冠。

19岁那年，她被当地一家电台聘为业余新闻播音员，由此涉足传媒界。29岁那年，奥普拉迎来了职业生涯的新阶段，她人生的转机来了，芝加哥电视台欣赏她的才华，邀请她主持一档脱口秀节目，并大获成功。以此为起点，奥普拉在脱口秀的大道上迎风疾跑，一次又一次展现了不凡的风采。

"听从自己内心深处的呼唤"，这是奥普拉的名言，也可以当作她的人生哲学，而正是这简简单单的一句话，不知感染了多少人擦掉泪水，起而奋斗。

人们相信，无论将来做什么，这位神奇的女子，凭借那化腐朽为神奇、变苦难为资源的经历和态度，将会续写出更加精彩的人生故事。

奥普拉在哈佛大学演说时说："我生长在一个连水和电都没有的屋子里，我的生活里没有希望和阳光，周围的人认定我除了在密西西比的棉花田里干活儿之外不会有什么出息了。但我却坚信自己可以用奋斗的生命向世人佐证事在人为的道理。"

是的,听从内心的呼唤。这也是我,一位年轻的女子,纳兰泽芸,一直记得的一句话。

在我过往的生命当中,同样也是有着许多痛苦而沮丧的往事。

我曾经是一个因为突患疾病而导致严重口吃病的女孩,是一个痛苦得患上抑郁症行走在自杀边缘的女孩。

但,现在,我已成为一位自信的青年演说家、自信的青年作家!

我出生于安徽省池州市一个贫寒的半农民家庭。之所以说半农民,是因为我父亲是一位农村教师,而母亲是一位地地道道的农民。记忆中的童年与少年,几乎都是在贫寒之中度过。爷爷是右派,所以母亲嫁过来时父亲一无所有。我记忆中的童年住的是摇摇欲倒的土坯草房,屋顶是茅草,土墙鼓出老大一个包,用大木头吊住大石头撑住。

虽然我们的小村庄与佛教名山九华山近在咫尺,山清水秀、景色宜人,然而贫穷依然像幽灵一般盘踞我们的村庄。我出生那一年,农村包产到户没多久,家里好几个孩子,另外还有年迈的爷爷奶奶,口粮不够吃,妈妈就用两个箩筐,一头挑一些稻谷,一头挑着我,把我送到一江之隔的外婆家。

我4岁时,有一天,外婆忽然发现我头顶黑黑的头发丛中,有一个指甲肚大的地方没了头发,但她没在意,心想是小孩子换胎发吧。没想到，一年后，情况越来越严重，起先指甲肚大的地方变成了铜钱大，而且头发还在不停脱落。外婆就采用了一些民间偏方，用鲤鱼鳞贴在脱发处，谁知，越贴脱发越厉害。我4岁半时，头发已脱落了巴掌大的一块，外婆感觉不对劲，立刻把我送回了家。

父母一见送回来的我，来不及惊喜便惊愕得说不出话来。

此后，我脱发的速度更是一发不可收拾，有时用手一抓就是一把，6岁时，已脱得一点不剩了。如果说，以前因为小还不懂得怕羞，而这时候，6岁的我已从别人嘲弄、诧异的眼神里明白了什么。

命运在我尚不更人事的时候，就让我泪眼看人生了。

从此，我不愿出门，可又不得不出门。哥哥们读书，父亲教书，母亲干农活儿，我只得去打猪草、拾猪粪、放牛，帮妈妈干各种力所能及的农活儿。

拾猪粪就是左手挎一只筐子，右手拿一个铁耙子，满村里找猪拉下的猪粪，看到了，就用铁耙子扒拉进筐子。那时候家里种的田地要肥料，化肥贵，往往没钱买，我就得每天拾好几筐猪粪回来。但拾猪粪是要满村跑的，每到一处，人家的目光就齐刷刷地盯在我身上。几个不懂事的小孩子边跳边跟在我后面嘲笑我。我幼小的心灵就像被针刺了一样，疯了似的跑到母亲身边，扑进她怀里号啕大哭。母亲也无可奈何地哭，说："丫头，你命苦。"

从此，父母带我踏上了漫漫求医路。记不清走了多少家医院，记不清我吃了多少药，也记不清用了多少偏方，更记不清小小的我受了多少苦。

还记得我吃过的众多中西药中，有一种黑药丸，有鸡蛋那样大，外壳是白色。每次吃时，将一个黑药丸搓成几十粒小药丸，然后用开水吞下去，好苦。有时候，我吃不下去了，母亲就在旁边说："丫头，恨病吃药，吃下去病就好了。"我便听话地闭着眼睛往肚里咽。这种药丸吃完了，药丸壳儿足足装了两个蛇皮袋。

谁能相信，我从小学一年级到四年级，整整四年里没吃过一顿早饭。每天早上倒一大海碗水吞药，药吞完了，一大海碗水也将我的小肚子填饱了。去学校的路上，我都能听到肚子里水在晃荡的声音。"是药三分毒"，童年的我，羸弱得像一根秋风中的小草。

母亲听说了一个偏方，说用老姜能搓好，关键要用力，让姜汁透进头皮里。母亲就用老姜在我头皮上使劲擦，擦得久了，头皮红肿，钻心地疼，可是我含着泪水，咬着牙默默忍受着。母亲有时候心疼得擦不下去了，停下手来潸然泪下。

可是，我受的这一切苦，都没能得到命运的垂怜，我的病情丝毫不见起色，我不得不面对无数诧异与嘲笑的眼光。渐渐长大、渐渐懂事的我，由原本的活泼开朗变得极其自闭，不敢出门，更不愿说话。更糟糕的是，不知怎么的，我原本流利的语言表达竟渐渐变得期期艾艾。

经过多年痛苦辗转的治疗，老天还算可怜我，我的脱发总算治好了。

然而，口吃这个恶魔却死死缠上了我。

一个口吃者的痛苦，没有切身经历的人永远不可能体会那种痛不欲生的感受。它给我带来数不清的难以启齿的屈辱，数不清的无地自容的卑怯，让我至今回想起来都不寒而栗。

因为家境贫寒，家中几个孩子都在读书，中考之后，原本中考成绩高出重点高中分数线许多的我，只能含泪选择师范学校，只因为那时师范学校学费低、补助多，毕业出来就可以挣工资，为家中减忧。

在师范学校的时候，我的学习成绩很好，但我却因为口吃而遇到很多拦路虎。学校进行学生会干部竞选，要进行竞选演说，我根本不可能去。学校举行的各种各样的活动，我能避则避，能躲就躲。

其实我的内心非常痛苦。我想我一定要拯救我自己。那时候一次偶然的机会，我在学校的报纸上看到一个小广告，某地有"口吃矫正器"，一个像小录音机一样的仪器，据说这个东西能够彻底治好口吃。

我欣喜若狂，可是一看价钱，我就为难了，要近两百元钱！我那时是个极懂事的孩子，从不轻易向父母开口要钱。怎么办？只能从口里节省。可是，我连吃饭都成问题，哪里去找这一大笔钱呢？

想到去借，一来我那时年纪虽不大，但却自尊心强得要命，打死也不愿开口借这个钱；二来借了以后拿什么还？我知道我还不上，不如不借，借了还欠个人情。

　　思来想去，没有办法，我想到了卖血。我知道那个卖血的地方，那天下午我悄悄溜了出去。

　　中午没怎么吃饱，在平时我忍忍就过去了。在血站附近时，我想是不是该吃点东西，否则待会儿抽血时可能会头晕，我的旁边就是一个面摊，我摸了摸口袋，里面除了几张菜饭票之外，压根儿就没有钱。平时在学校，仅有的一点钱我全部买了菜饭票。别的不买可以，菜饭票却不能不买。

　　我望着那个面摊，肚里咕咕直叫。可是我掏不出一分钱，我的眼睛发涩，只能向血站走去。我看到血站里一群黧黑肌瘦的成年人在等着卖血，看到我这样一个十来岁的小姑娘进来，他们都以异样的眼光望着我。

　　验好血，要抽血了。当我伸出细细的胳膊时，采血的人说："要抽四百毫升，你行吗？要不抽两百毫升吧？"我问两百毫升有多少钱，她说一百块不到。想到矫正器要近两百元呢，我说："就抽四百毫升吧。"

　　当尖锐的抽血针刺进我细细的血管时，我的泪水一下子迷蒙住了眼睛，我拼命想忍住，却怎么也忍不住。

　　喉咙里像堵了一大块棉花，想吞吞不下，想吐吐不出。我觉得有点委屈，有点自伤，有点……反正小小的心里，五味杂陈。

我记得清清楚楚，离开血站时，我拿到了一百七十五元钱、一包方便面。那包方便面我在回学校的路上就揉碎了吃了，实在太饿了。也就是在那一次，平生我第一次知道了自己的血型：A 型。

　　这件卖血的事，十多年过去了，我父母至今都不知道。我不想让他们知道，一是怕他们难过，二是我已把它当作人生中前行的动力。

　　最后，实践证明，那个我用卖血钱买来的口吃矫正器是一个骗人的玩意儿。

　　师范学校毕业后没多久我就孤身一人来到了上海。其实，抛掉铁饭碗的工作去上海，除了"追求梦想，寻求发展"之外，其实也是有着一些无奈的。

　　记得初到中国最繁华的十里洋场大上海时，我手里除了一个简陋的小行李箱，一无所有，举目无亲。记得从空气污浊的长途客车上下来的时候，朝四周一望，我顿时一阵眩晕，四面八方都是高耸入云的摩天高楼。我上师范学校的那座小城最高的一栋楼叫物资大厦，我亲自数过，七层，那时候走在底下，都觉得好高啊。

　　来到上海，我才知道原来世上有比它高得多的摩天大楼。好几年后，我听到郭敬明说，他记得参加新概念作文大赛进入复赛后，平生第一次离开家乡的小城，来到万丈繁华的上海滩，当他乘完地铁，从上海人民广场地铁口上到地面，他顿时吓傻了，四面八方的摩天高楼,最矮的那栋都比他以前见过的要高。

但我没有郭敬明幸运,他新概念获奖后没过几年,就成了声名显赫的小四。而我从长途客车上下来之后,找了个汽车站旁的小旅馆安顿下来,就开始了艰难的找工作之路。我去书报亭买了份《上海人才市场报》,才知道原来没有大学本科文凭,在上海,你几乎什么工作都找不到。转眼十来天过去了,工作还没有一丝着落。

一天我从《上海人才市场报》上得知展览中心举行大型秋季人才交流会,我毫不犹豫直奔延安中路1000号的展览中心,一进人才交流市场,我被眼前的场景惊呆了。数千平方米的展览大厅,人头乌泱乌泱的,我也挤了进去。我看到旁边求职者制作精美的一大本简历,看看自己只有一张A4纸的简历,再看看人家简历封面上什么复旦大学、同济大学、武汉大学、西安交通大学……我想完蛋了,在这个地方,我一丝一毫的竞争力也没有啊。

我只好硬着头皮,看到稍微靠点边的职位,我就把简历递上去。对方看了看说:“你是学师范的?不对口啊。”第一天,我什么收获也没有。我不甘心,第二天又跑去人才交流会,跑了大半天,还是一点收获也没有。到午饭时间了,交流会上人少了很多,我走到一个台阶的角落处,拿出一块面包,还有早上在小旅馆装的一瓶水,几分钟时间把午饭解决了。

解决午饭之后,我就在人已不多的求职摊位前仔细看,还真被我看到了一个——一家中新合资的文化公司招聘脚本文创人员，这是一家动画公司，远景目标是成为"中国的迪士尼"。对脚本文创人员的要求是具备较强的文字创作功底，有童趣并且想象力丰富。最让我开心的是，没有"本科以上文凭"这几个冷冰冰的字眼。工作人员大概都吃饭去了，我把公司地址抄了下来，决定主攻这家公司。

回到小旅馆，我从行李箱里拿出从前在学校发表的二十来篇文章的样报，除了读师范和中学时发表的，甚至把小学作文选上的那几篇也放进去了，我把我的文章复印了下来，然后有针对性地把简历修改了一下。二十来篇发表的小文章，一篇篇看着不起眼，可一复印装订起来，还真像那么回事。我跑到邮局，用挂号信寄了出去。

回音比我料想的还快，一星期后我就接到了面试通知。面试主要为笔试，笔试的时候，除了我，还有九个人。笔试后又进行了一次复试，我被录取了！后来我才知道，我竟然糊里糊涂地打败了好几个名牌大学的高才生。

就这样，我开始了在上海的第一份工作。公司包一顿午餐，但不包住宿。我口袋里的钱已所剩无几，为了省点钱，我在离得很远的郊区租了一间小房子，上班要换三趟公交车，每天晚上回到小出租屋已经很晚了。晚餐在外面吃既贵又吃不到什么好东西，我就买了个小煤油炉，自己做点简单的晚饭。一天，回来的路上我买了点肉，晚上炒熟，想留着第二天再吃一顿，就把肉放在脸盆里用凉水漂着。第二天，下班回来我一闻，肉坏了，不能吃了。

虽然路远比较累，但我还是比较欣慰有了一个安身之所。

我从没降低过对自己的要求，我边工作边自学，考上了华东师范大学。参加过自学考试的人都知道，那是个艰难的历程。

参加工作后，我非常努力，能力也不差。可是因为语言表达障碍，我错过了许多好机会，遗憾一直伴随着我。这期间因为口吃而经受的屈辱与痛苦，一辈子都深深刻在我的脑海里。

我也参加过一些口吃矫正班，每次都是怀着巨大的希望而去，最后都是失望而回。或者说当时在矫正班里是觉得说话心理障碍确实减轻多了，可是出来之后，心魔又卷土重来。

后来的一件事情，成为压倒骆驼的最后一根稻草，我因此不幸患上了抑郁症。

我那时已经在一家外企做人事工作。那次公司要打一个劳动仲裁官司。官司开庭那天，由律师和人事总监出庭。临开庭前，律师突然发现遗漏了一份文件，送去法庭肯定是来不及了，律师立刻打电话让我把这个不到两千字的文件从头至尾快速念一遍给他听。

律师在电话那头催，说快点快点，要开庭了！要命的是，他越是催，我的喉咙越是像被一只魔鬼之手紧紧地扼住，我竟然一句话也讲不出来！我握着电话筒，手心里全是汗，我盯着文件上的字，眼睛发花，头发昏。

最后的结果是，这个官司我们公司打输了。总经理把人事总监和我一起叫到他的办公室，狠狠训了我们一顿。我没有做任何辩解，也无从辩解。出来之后我的头昏昏沉沉，我把舌头紧紧咬在牙齿之间，使劲咬，狠命咬，我想干脆咬断算了。我用双手左右开弓，使劲扇自己的嘴唇，就是这个不听使唤的舌头，就是这不听使唤的嘴唇，让我蒙受奇耻大辱。

后来，我开始常常整夜整夜地睡不着觉，一顿接一顿地吃不下饭。慢慢地我患上了焦虑症，后来又变成了轻度抑郁症。抑郁症是个非常可怕的精神疾病，因抑郁症而自杀的患者比比皆是。

医生说，要抓紧治，要重视起来，再任其发展，后果非常严重。医生说，我这样的情况，最好暂时请病假休息一段时间，等病情缓解之后再回去工作。

我配合着医生的治疗，但那次文件念不出一个字的事深深地刺痛了我。一天夜里，我辗转反侧怎么也睡不着，头很痛，我狠狠地捶打着自己的头，我该怎么办，怎么办？这样的痛苦谁能救我？

我从书架里随手拿出一本书，那本书 274 页，是《林肯传》。这本书是我两年前买的，却一直忙来忙去没有时间看。

我问自己，为什么我的嘴就一个字也念不出来呢？不，我就不信，我一定要把自己练得伶牙俐齿，我不是天生的语言障碍啊，我也曾经是一个口齿伶俐的人啊，我是因为得病而导致的心理障碍,这个心魔一解除,我就一定能获得新生。

回想这些年,因为口吃,我不敢多说话,不愿多说话,这个嘴就像一把剪刀一样,久而久之不用,它就锈住了。现在我要做的,就是一定要好好地磨这把剪刀,让那些该死的锈都见鬼去,我要让它重新变得锋利!

我翻开那本274页的书,在100页的地方折了一下,今天晚上反正睡不着,干脆读书100页,用我能做到的最快的速度读!

一开始,我读不了几个字就被阻住了,但我不管,跳过那个被阻住的字,再接着往下快速读。

10分钟、20分钟、半个小时、1个小时、2个小时……我一刻不停地发了疯一样地拼命读着。我恨恨地想,你不是不流利吗?你不是读不出来吗?你不是磕磕巴巴吗?我现在就时时让你读,天天让你读,使劲让你读,铁杵都能磨成绣花针,滴水都能滴穿石头,我就不相信,我治不了你!

读着读着,我就感觉读得越来越流畅,被阻住的字越来越少,我的嘴巴越来越灵活,就好像一个被麻绳捆了很久的腿脚,解开后就觉得轻松了很多。就这样,那天晚上,我就这样快速读完了100页的书。

读完100页之后,我甚至觉得意犹未尽,还想读,因为林肯深深感动了我。

1809年的严冬,他出生在一个荒凉的茅草屋里,外面雪花飘舞,草屋四面漏风,雪粒随着寒风飘落在婴儿和他虚弱的母亲身上。

1816 年,7 岁,全家被赶出居住地,经过长途跋涉,穿过茫茫荒野,找到一个窝棚。

1818 年,9 岁,年仅 34 岁的母亲不幸去世。

1827 年,18 岁,自己制作了一艘摆渡船。

1831 年,22 岁,经商失败。

1832 年,23 岁,竞选州议员,落选了;想进法学院学法律,进不去。

1833 年,24 岁,向朋友借钱经商,年底破产。接下来花了 16 年,才把这笔钱还清。

1834 年,25 岁,再次竞选州议员,竟然赢了。

1835 年,26 岁,订婚后即将结婚时,心爱的未婚妻死了,因此心也碎了。

1836 年,27 岁,精神完全崩溃,卧病在床 6 个月。

1838 年,29 岁,努力争取成为州议员的发言人,没有成功。

1840 年,31 岁,争取成为被选举人,落选了。

1843 年,34 岁,参加国会大选,又落选了。

1846 年,37 岁,再次参加国会大选,这次当选了。

1848 年,39 岁,寻求国会议员连任,失败了。

1849 年,40 岁,想在自己州内担任土地局长,被拒绝了。

1854 年,45 岁,竞选参议员,落选了。

1856 年,47 岁,在共和党的全国代表大会上争取副总统的提名,得票不到 100 票。

1858 年,49 岁,再度参选参议员,再度落选。

1860 年,51 岁,当选美国总统。

他就是林肯,美国第十六任总统,一个令全世界都为之叹服的伟人。他一生中在学校的时间,加在一起总共不到 1 年。15 岁时他才学会了 26 个字母,勉强阅读一些片言只语,仍然不会写字。但他勤奋好学,一有机会就向别人请教。没钱买纸、笔,他砍柴、挖地时怀里也总揣着一本书,休息的时候,一边啃着粗硬冰凉的面包,一边津津有味地看书。晚上,他在小油灯下常读书读到深夜。

长大后,林肯离开家乡独自一人外出谋生,什么苦活儿累活儿都干过。但就算生活再艰苦,他也从未放弃过梦想。

他说:"有些事情一些人之所以不去做,只是因为他们认为绝不可能。其实,有许多不可能,只存在于人们的想象之中。"

他说:"如果你的世界沉闷而无望,那是因为你自己沉闷无望。改变你的世界,必先改变你自己的心态。此路艰辛而泥泞。我走得很慢,但是我从来不会后退。对付屡战屡败的最好办法,就是屡败屡战永不放弃。"

我用两天快速读完了《林肯传》,我感觉我的口语不仅流畅了许多,心里也忽然有一种豁然开朗的感觉。

望着满满一书架我一直没有时间读的书,我告诉自己:这一书架的书,我一定要读完它们。

从此,我给自己定下了一个目标:每天快速朗读 100 页书!

我坚持每天早晨 5 点起床用最快的语速朗读,这样一举两得:一读了书,二练了口语。我知道自己是因为小时候突然脱发而产生的极度自闭才不敢说话,久而久之口齿变得迟钝,就像一把剪刀,久不用当然要生锈。而要想让这把剪刀重新变得寒光四射,就要发奋地去磨砺、去训练,这样才能够恢复。

我坚持用自创的"最快速朗读"这个笨办法,一年之后就收到了挺明显的效果。

一年后,我已经基本摆脱了口吃这个心魔,与人沟通,已经基本畅通无阻。

但是,我发现,在大庭广众之下,我还是无法突破自己而做到自如地表达。怎么办?要如何彻底突破自己呢?我不断问自己这个问题。

记得美国曾经有一项测评:在这个世界上,人最恐惧的东西是什么?有些人会说是黑暗,而绝大多数人可能会说是死亡。是的,死亡是可怕的,然而,你们知道,比死亡更可怕的是什么吗?

测评的结果是:90%的人恐惧在许多陌生人面前演说,75%的人坦然说害怕死亡。也就是说,对在陌生人面前演说的恐惧甚至超过了对死亡的恐惧!

英国著名作家、诺贝尔文学奖获得者萧伯纳的锐利口才让每一个与他接触过的人久久难忘。然而,谁能想到,萧伯纳在 28

岁之前非常害羞、内向,是个名副其实的胆小鬼。他的胆小让我们听来觉得不可思议。有一次,别人请他到家中做客,他在人家门前来来回回徘徊了20多分钟,就是不敢摁响那个门铃。

但萧伯纳比一般人能够承受压力,他绝不承认卓越的口才属于老天的恩赐,他没有就此沉沦,而是积极地面对自己的缺陷,努力地去训练自己。

一有时间,他就积极找机会去演说,每次演说之后,都要从中吸取经验教训。在公园、在市场、在码头、在学校、在成千上万人的演说大厅或是寥寥数人的地下室,都能看到他在挥洒汗水勤奋地演说。皇天不负苦心人,最终萧伯纳一次比一次成功的演说激励了千千万万的英国人,同时,卓越的口才也为他的写作事业插上了腾飞的翅膀,几十年后,他终于获得了诺贝尔文学奖。

耶鲁大学博士、台湾大学哲学系教授、影响全球华人的国学大师傅佩荣教授,他在海内外进行国学演说两千多场,在教学、研究、写作、演说、翻译等方面都取得了卓越的成就。他的"哲学与人生"课在台湾大学开设17年来座无虚席。他受央视邀请在《百家讲坛》主讲"孟子的智慧",得到广泛认同。

然而,就是这样一位成就卓著的学者和演说家,却曾经饱受嘲弄与歧视。

傅佩荣从小口吃,这常常被人视为笑柄,嘲弄的话语与眼神曾经深深刺伤过他的心。后来,他经过多年奋斗,终于成为众人敬仰的作家、教授、演说家。

同样从小患有口吃的美国副总统拜登，曾经也是受尽了别人的嘲弄与讥讽。读书的时候，需要在课堂上当众朗读课文的时候，他读不出来，引起哄堂大笑，还被许多人起了难堪的外号。

读高中时，学校里每天早晨有一项活动，让每个学生在全校学生面前做自我介绍。然而，因为拜登口吃，老师干脆不让他参加这项活动了。

当所有的同学都在操场上，只有他一个人被留在教室里，他难过得落泪，他觉得自己就像被戴了高帽子站在墙角挨罚一样。他决心一定要摘除这个命运强加给他的"紧箍咒"。他以极大的毅力坚持每天对着镜子朗诵、背诵大段大段的文章。天长日久，他不但摘除了这个"紧箍咒"，而且为他日后成为一名出色的演说家奠定了坚实的基础。

拜登出生于一个爱尔兰移民家庭，父亲不过是一名普通的推销员，没有任何背景与资历的他，30岁就成为美国国会最年轻的参议员。后来他曾两次参加选举，虽然没能胜出，但赢得了对手奥巴马的尊重，奥巴马非常欣赏他身上那股坚韧、正直且不乏柔情的劲儿。

成为万民敬仰的出色演说家及国家副总统之后，拜登说："现在回忆起来，那段口吃使我难堪的日子，即使能够避免，我也不想避免。这个毛病最后变成了上帝对我的恩赐，使我在别人的嘲弄里，成为一个更好的人。"

一个上小学的小男孩,放学回到家来对母亲哭诉:"妈妈,我不上学了,只要我开口说话,别人就嘲笑我!"母亲却并没有跟着他流泪,而是摸着他的头说:"不要哭,那是因为你太聪明了,没有任何一个人的舌头可以跟得上你这样聪明的脑瓜,你说话不太流利,是因为你的大脑比你的嘴转得快得多!"小男孩望着母亲,破涕为笑。

20多年后,他获得了伊利诺伊大学工程博士学位。45岁,他成为美国通用电气公司有史以来最年轻的董事长和首席执行官。他就是杰克·韦尔奇。曾经的口吃没有阻碍他前进的脚步。相反,所有人都更加钦佩他、敬重他——有着口吃缺陷的韦尔奇,竟然能够取得如此令人瞠目的辉煌成就!

我们再看看古今中外历史上那些有着口吃,被口吃折磨得痛不欲生,但最后却将口吃变成了人生的强大动力的伟人们吧。

国外:伊索,古希腊寓言家;亚里士多德,古希腊思想家;牛顿,现代科学奠基人;达尔文,自然学家;拿破仑一世,军事家、法国皇帝;丘吉尔,政治家、演说家、英国首相;列宁,革命家、演说家、十月革命领导人;乔治六世,英国前国王……

国内:韩非,战国思想家;司马相如,西汉大辞赋家;柳亚子,近代著名诗人;郭沫若,文学家;鲁迅,文学家;钱三强,著名科学家……

我问自己,这些伟人,他们将严重的羞怯内向,将严重的口吃都能变成人生的强大动力,取得辉煌的成就,试问,还有什么我们不能做到？就像我自己，我能自卑吗？我能退缩吗？我能不自信吗？不能！我要勇敢地扼住命运的咽喉。

千百万中国青年人的楷模张海迪曾经说过，即使跌倒一百次，也要一百零一次地站起来。人真正的强大，不是膀大腰圆，而唯一的标志是心灵的强大。即使纤弱如我这样一位小女子，即使是那些四肢不全、五体残缺的人，只要他（她）拥有一颗铁石不坏之心，就同样是一个强大的人。只有心灵强大，方能无往不胜。

后来为了练习演说，提高演说水平，更重要的是为了突破自己，我做出了一个决定：我准备独自一人在上海地铁一号线上进行地铁演说，而且要连续至少20天，借此来彻底突破自己的心理极限！

我知道，在那样一个情况复杂而又陌生的环境下，面对形形色色的人发表演说，这对于任何一个人都是不容易做到的事，尤其是对于一个女孩子来说，更是如此。

第一天，我将自己打扮得非常得体——优雅的套装，绾起的发髻，淡淡的妆容，然后直奔地铁站。

去地铁站不到10分钟的路程，我以前去上班走过了无数遍。然而今天，是我走得最艰难的一次。不到10分钟的路程，我走了差不多半个小时。

终于到了地铁站台，我把便携式扩音器戴好，这是我一个多星期前特地去超市买的，我想地铁上人多，可能会嘈杂，没有这个人们会听不清我讲的内容,那样演说效果会大打折扣。

表面上我还像以往一样平静地候车,其实我的心在剧烈地跳着,天并不是太热,可是手心里全都是汗。

一辆地铁开来了,我犹豫着,没敢上。又一辆开来了,我还是没敢上。我的心跳得更加剧烈,我感觉自己的血液直往头顶涌,我甚至想打退堂鼓。

但是我心底又有一个声音在命令我:你不能退缩,你千万不能退缩,你不是想突破心理极限吗?你不是想当演说家吗?想当演说家有那么容易吗?这世界上没有口吃的人也没有几个成为演说家,何况你是个曾经连话都讲不利索的口吃患者,更加不容易!但是就因为不容易你就要放弃吗?不,纳兰泽芸,你不是个懦夫,你曾经因为口吃经受的屈辱和眼泪还少吗?怕什么呢?地铁上没有魔鬼会把你吃掉!

第三辆地铁再开过来的时候,地铁门打开的一刹那,伴随着脑袋中轰的一声,我眼一闭,就跨上去了。

已是上午九点多钟,还好,地铁上人并不是特别多——座位都坐满了,还站着一些人,却不拥挤,这样的情况最合我的心意。我先安静地扶着一个栏杆站着,悄悄地打开便携式扩音器的开关。

我的心跳动得更加剧烈了,我深深地吸一口气。我想人们会不会把我当成"疯子"呢?不会不会,有这样绾着高高的发髻、衣着得体、优雅美丽的"疯子"吗?

地铁上的人都在各干各的事，我先试声一样地噗噗吹了两口扩音器，然后"喂喂"了两声，果然，原本安静的车厢里的乘客们都好奇地把目光齐刷刷地投向了我。

好，演说的时机成熟了！

我抓住这个时机，开始了我的演说。

我的开场白是这样的："亲爱的朋友们，在这一班地铁上一路同行的朋友们，你们好！一个人乘地铁，旅途是有些寂寞和无聊的，在这里，请允许我为朋友们进行一段简短的演说，一来可以让朋友们得到一些启迪或者启发，二来可以填补旅途的寂寞时光……"

原本我还非常担心自己在那样极度紧张、极度恐惧的情况下，演说开场白会不流畅，然而当我讲完演说开场白后，我就大大松了一口气，我发现自己的口齿很清晰、很流畅，人也很轻松，并没有出现被字词阻住的情况。这要归功于长期的、大量的高强度快速朗读，它帮我达到了一个从量变到质变的过程，它让我的唇齿、舌头及所有发音器官终于能够团结一致、协调工作了。

我差点为这个意外发现感动得热泪盈眶！

我的演说持续了将近半个小时，这半个小时里，地铁走过了十多个站点，乘客也是上上下下。时间都是事先计算好的，因为地铁每一站的时间基本固定，所以演说半小时左右就正好是地铁走完约一半路程的时间。

当我演说完毕，说完最后的"谢谢大家，祝您一生平安"这几个字时,地铁到了人民广场站,我向乘客们告别,就出了地铁。

在站台上,等到又一列地铁来到,我又乘上去,开始我的第二轮演说。这一轮从人民广场站讲到了终点站莘庄站。

到了莘庄站后,我休息十来分钟,又乘上回程的地铁,开始下一轮的演说。

我感谢林肯,感谢林肯的那两句话:"有些事情一些人之所以不去做,只是因为他们认为这绝不可能。其实,有许多绝不可能,只存在于人们的想象之中。"

是这两句话坚定了我的信念,给了我勇气,使我跨出了在地铁上演说这艰难的第一步。实践证明,艰难的确是艰难,但并非我所想的高不可攀。

我在演说的时候,绝大部分人还是友善的,甚至是鼓励的。演说过程中,大部分人都抬头听着我的演说,我也勇敢地用目光与听众们进行交流。还有其他车厢的人越过两三个车厢走过来听我演说,还有人为我鼓掌。一个年轻人说:"佩服你!"一位50多岁的阿姨向我伸出大拇指说:"小姑娘,好样的,你演说得非常好,我们听得很感动、很受鼓舞,再接再厉。"……

当然,除了鼓励之外,也有冷眼和冷语。我当时的确觉得有点难过,但我想起林肯的话,他说:"此路艰辛而泥泞。我走得很慢,但是我从来不会后退。"

我就释然了。这点承受力都没有,那还能做什么?

然而,演说到第五天的时候,我就真的遇到了一件麻烦事。

那天，我在地铁里演说，到上海火车站那一站时，来了一个穿制服的地铁工作人员，他打断了我的演说，把我请下了地铁。

在站台上，他问我："小姐，你在地铁上做什么?"我说："先生，我在做一个小演说。""哦，我还以为是有人在地铁上做传销。可是虽然是演说，但地铁是公共场所，你这样还是会打扰到其他乘客，不合适，希望你换个地方。"我看这个工作人员是个比我年龄稍大一些的年轻人，我用一种非常诚恳的语气对他说："是这样的，先生，我小时候因为生病而导致口语表达不太流畅，所以就想借地铁这个陌生环境，提高、突破一下自己。您也是与我一样的年轻人，相信您能理解我的苦衷。再说我演说这几天来，乘客们很喜欢听，不信您可以去问问乘客们。"

面对我的真诚，同为年轻人的他思索了一会儿，说："要不这样吧，你把话筒拿下来，这样目标就不明显了，目标太大的话，被领导知道了，我们也不好交代。"

我当时真的很感动，说："谢谢你，谢谢你的理解。"他说："去吧，把话筒摘下来。"

此后的十来天里，我没有再用话筒演说。虽然只有和我同一个车厢里的人能听得清楚，但对我来说，已经足够了，达到了我所期望的目标和效果。

到了第二十天，我在地铁上做完最后一次演说。

一天四次演说，二十天八十次演说，我做到了!

出了地铁，我突然有一种脱胎换骨的感觉。我掏出电话，给远在长春的一位编辑打电话,我中气十足地说:"喂,袁老师,您好,我是纳兰。最近好吗?什么时候有时间到上海来走走啊,我做东,请你吃饭,然后带你游大上海!"那头说:"哎呀,纳兰啊,接到你的电话,真是万分惊喜啊!行,有机会一定去上海,到了上海一定通知你!"我说:"那是必须的!你来上海不通知我,我跟你急!"

挂了电话,我真想痛痛快快地大哭一场。多少年了,我被口吃这个恶魔折磨得痛不欲生,折磨得不敢大声地说话,不敢大声爽朗地笑,不敢主动地给别人打电话,就算接到别人的电话,也是小心翼翼,生怕讲话不顺畅口吃了被人笑话。有外地朋友来上海,尤其是不太熟悉的朋友,我都尽量避而不见,其实并非我不近人情,而是心里的那个伤疤让我抬不起头来做人。这么多年,我无数次想象某一天我彻底摆脱这个恶魔之后的幸福生活。

我曾经无数次抱怨命运对我的不公、对我的无情。如今,我回过头来想却忽然明白,这也许是命运特意强加在我身上的苦痛,它逼使我在这苦痛之中锻造毅力、锻造坚韧的人格,逼使我像浴火凤凰一样在烈火中涅槃。

如今,我从一个曾经连一句完整话都说不出来的人,成为一位常被一些学校或企业邀请去演说的作家和演说家。我参加电视演说节目,与那些主持专业、播音专业的选手同台竞技,面对成千上万的观众从容自若、挥洒自如地演说。2015 年,我应邀赴复旦大学、清华大学、北京大学、交通大学等高校为同学们、老师们做演讲；被《演讲与口才》杂志特聘为"全国巡回演讲团"成员，有幸成为中国演讲协会理事，与中国演讲泰斗——87岁的李燕杰大师以及其他演说界前辈同台演说！

曾经的那些苦痛，曾经的那些不堪回首的事情，都已经成为过去。命运曾经强加在我身上的那些挑战，都已经成为我人生中最宝贵的财富。

我记得去年在清华大学演讲时，我说：

"同学们，你们还记得两年前马云在清华大学演讲时说过的几句话吗？马云说：'在座的每一个人都曾经经历过无数的挑战，很多人说，我没有机会，我从来没有赢过。而我说，错，你赢过，你在未出生之前就已经跑赢过几亿颗精子，来到这个世界的你就已经成功了第一步，来到这个世界之后，你们又经历无数的考试进入了多少人梦寐以求的清华大学，你们已经有了良好的起步、良好的条件、良好的基础，然而，未必有着良好起步的人就一定会赢，未必今天跑得很快的人，明天还是会跑得很快。'

"因为我们的前进之路，永无止境！

"正如我在电视演说中所说：'作家余华在他的作品《活着》中说，活着不是为了别的活着，是为了活着本身而活着，生命本身可以承载千钧一发的力量。而我想说，青春不是为了安逸而青春，是为了汗泪交流而青春，青春，可以承载千钧一发的力量。'"

是的，青春可以承载千钧一发的力量。所以，它有着足够的力量让我们去追寻心中那个梦!

是的,让我们听从内心的呼唤吧,让我们勇敢去追寻我们心中的那个梦。就算它在水一方,就算它遥不可及,也要勇敢去追。

就像我,"演说"这两个字,在我曾经的人生中,是遥不可及的一个梦。但是,我勇敢去追,终于圆梦。

所以,朋友们,如果你也有梦,就去追吧,勇敢地去追吧。

就算跌倒了,我们亦可以自豪地说:我听从了我内心的呼唤!

就算跌倒了,我们跌倒的姿势,也会很豪迈!

为一句话远航

　　台湾著名作家林清玄前不久到上海来,聆听林先生的演讲后,我深受触动。

　　林清玄生于台南乡村一个极其贫穷的家庭,祖祖辈辈都是面朝黄土背朝天的农民,因为家中人口众多,在他童年、少年的记忆里,几乎从未体会过吃饱饭的滋味。

　　据说林清玄出生时不像一般婴儿那样哇哇啼哭,而是咧开嘴笑,被乡亲们视为奇观,因此父亲准备给他取名"林清奇"。后来报户口时,那个负责户口登记的工作人员正好在看武侠小说,小说里有个武功高强的"清玄道长",他觉得"林清奇"这个名字太过平庸,说:"就叫林清玄吧。"

　　"林清玄"这个名字虽然听上去有点超凡脱俗,可童年和少年时期的林清玄仍然是一个平凡的孩子,甚至比一般的孩子更体弱多病,更内向和胆小。父母曾经为他发愁:这样的孩子以后怎么办?

读书的时候,林清玄成绩并不好,但他喜欢一个人偷偷地读课外书。有一次,他跟父亲说长大了要当一名作家,种田的父亲不知道作家是干什么的,林清玄说作家就是在家里写写文章寄出去,然后别人就会把钱寄回来的人。他话刚说完就挨了父亲两巴掌:"你发昏吧,天下哪有那么好的事!"

　　林清玄树立了自己当作家的理想之后,就开始向这个方向默默努力着。从 8 岁开始他悄悄地练习写文章,小学时要求自己每天写 500 字,中学时每天写 1000 字。可是,他的写作之路并不顺,投出的稿件往往音讯全无。

　　林清玄很受打击,有一段时间还很沮丧。有一天,林清玄的中学国文老师请他去家里吃饺子,他受宠若惊地赶去时,老师和师母正为他包饺子,他当时百感交集,差点落下泪来。老师看着他,忽然很严肃地对他说:"林清玄,你真的很不错,我教了 50 年书了,我用生命保证你将来一定会成功!"

　　林清玄一听,满心的失落和委屈随着泪水滚滚而下。

　　虽然后来林清玄知道,班上有不少同学都被老师邀请过,并且也说了类似的话,但老师那句鼓励的话,还是像严冬的一簇火苗一样温暖了他的心,激励他在写作的道路上不畏艰险,披荆斩棘。

　　后来林清玄的写作道路我们都知道了,他出版了一百多部著作,作品达数千万字,享誉海内外。他常被人称为"天生的作家",只有他自己知道,这非关天命,这背后有着无数的心血、坚持与努力，数千万字，都是他埋头在稿纸上一笔一画写就的。他说，老师的那句鼓励的话，影响了他的一生。如果没有那句话，他的人生也不知会怎样。

一句短短的鼓励话语，竟能够改变一个人的一生！似乎不可思议，但那股力量却真实地存在着。

从演讲会场回来，我想到我儿时拔稻秧时被蚂蟥叮咬的经历。蚂蟥很可怕，尤其对于小孩子来说。可是却有一种力量，它让儿时的我抵挡住了对蚂蟥的恐惧——那是妈妈简单的一句鼓励。

那句简单的话也有可能是妈妈的随口之语，却让我能够直面恐惧，时隔多年，想起来仍是令人低回。

二十多年前，我还是个7岁的小孩子，在我幼小的心里，我觉得这世上最可怕的东西也许就是吸血的蚂蟥了。长长的、粗粗的，呈现着令人恶心的墨绿色。吸饱了血的蚂蟥鼓胀着隐隐发红的肚子，看着令人头皮发麻。

常常在水田里干着活儿的时候，当我从淤泥里拔出腿，突然发现腿上趴着好几只花斑斑、圆滚滚、粗如手指的蚂蟥，正在贪婪地狠命地吸着我的血，吓得我尖叫不已。一开始没经验，我条件反射地用手去拽，可是越拽它会吸得越紧，扯得老长也扯不掉。就算把这头拽下来了，那头的吸盘又吸了上去。如果实在扯狠了，蚂蟥的吸盘扯断了留在伤口里，就会发炎。有经验的哥哥或妈妈过来，操起巴掌狠劲拍，蚂蟥被拍得抵挡不住，身子一缩,掉到水田里。拍下蚂蟥后往往腿上有好几处还在不断往下流血。

我怕下水田,一想到水田里的蚂蟥,我就想哭。

那时还听说一个传闻,说一个小女孩在河里洗澡时,一只大蚂蟥钻进了她的肚子里,然后又在里面吸血繁殖,小女孩的肚子不断长大,面黄肌瘦,人们都以为她怀孕了,纷纷鄙视她。女孩的父亲也以为女儿败坏门风,天天责骂她。女儿的母亲很心疼女孩,有一天炖了一只鸡给女孩吃。女孩正准备吃时,父亲回来了,女孩吓得把盛鸡的汤罐坐在屁股底下,女孩肚里的蚂蟥闻到香味,纷纷从肚子里爬了出来。父亲这才明白了真相,女孩的屈辱才得以洗清。

我自己也是一个小女孩,所以对这个传闻记得最牢,觉得毛骨悚然,更增添了对蚂蟥的恐惧之心。

可是当乡村"双抢"时节来临时,哭也不行,人手极缺,我这个六七岁的小孩子,一样要被赶到田里。

我人太小,插不了秧,那就拔秧。

我和两个哥哥负责拔秧,把秧苗拔好,洗掉秧苗根部的泥,再捆成一个个小捆。正午的水田水被太阳晒得滚烫,我们在烈日下汗如雨下。

那一天,天闷热无比,没几天就要立秋了,可家里还有三块大田没有插秧,爸妈很着急,就请了已经搞完"双抢"的两个姑姑来帮忙插秧。

下田前我就不停地哭，我说我怕蚂蟥咬，妈妈说，早晨刚刚打了化肥，蚂蟥怕化肥的气味，不敢出来。

听了妈妈的话，我喜出望外，就高高兴兴地下了田。多了两个姑姑插秧，秧苗需求量大大上升，我和两个哥哥拔得头也不敢抬。

我正拔得专注，无意中抬起腿，看到腿上趴着好几条粗粗长长的绿花蚂蟥，我吓得"啊"地尖叫一声，撂下手里的秧苗就往田埂上跑，说什么也不肯再下田了。

妈妈又担着空筐来挑秧苗了，少了一个人拔秧，秧苗更加不够插了。妈妈见我不肯下田，就说："刚才两个姑姑还说，小霞拔的秧，捆得最整齐，洗得也最干净，比两个哥哥拔的秧好插多了。爸爸也说我们家小霞人最小，可做事情最好……"

后来妈妈不知从哪里弄来一点盐，抹在我的腿上，说蚂蟥怕盐味，抹了盐就不咬了。

当时腿上被蚂蟥叮咬过的伤口还在流着血，可是我却用田沟里的水洗了洗伤口又下田拔秧去了。

拔秧的时候，我回味着姑姑和爸爸夸赞我的话，心里甜滋滋的，竟不觉得日头的毒辣和田水的滚烫了，越拔越有劲。事实证明，腿上抹盐也不能完全防蚂蟥，我的腿上后来又叮上好几条蚂蟥，可是奇怪，我竟不是特别恐惧了，我用秧把使劲把它们拍下来，又继续拔秧。因为，我的耳边，总是萦绕着姑姑和爸爸的话："小霞人最小，做事情最好……"

多年后,我努力考学跳出了"农"门,再也不用光着腿去水田里拔秧了。然而,7岁时的那一幕常常在我眼前映现。现在想来,妈妈那句鼓励我的话,也许是她为了哄我继续拔秧而编出来的。可就是这几句话,竟成了可怕蚂蟥的"克星"。

有一个真实的事件,一位母亲用她的鼓励,将孩子从愚钝的多动症患者变成一位清华大学的学子。这个孩子幼儿园时,开家长会,老师毫不留情地对母亲说:"你儿子有多动症,三分钟都坐不住!"大庭广众之下的母亲非常羞愧,但她还是鼓励孩子说:"老师说你有了进步,原来一分钟都坐不住现在能坐三分钟了!"孩子听了非常开心,在母亲的鼓励声中,渐渐克服了多动症的毛病。

孩子天生不聪明,上小学时家长会上,老师说:"你的孩子成绩很差,这次考试第50名。"母亲忍住羞愧鼓励孩子说:"老师说你有进步,再努力一些就能赶上你的同桌啦,他是25名!"于是,孩子朝着第25名这个目标努力。

上初中时,孩子从差生名单上消失了。高中时,老师说:"你的孩子成绩还可以,但考取重点大学不太可能。"母亲鼓励孩子说:"老师说你成绩很好,只要再努力一些考上重点大学没有问题!"孩子更加默默发奋。高考放榜,孩子出乎所有人的预料,被清华大学录取!母子抱在一起哭了。母亲说:"孩子,我等这一天太久了。"儿子说:"妈妈,我知道我不够聪明,如果没有你一直鼓励我,我……"

著名教育家陶行知说："幼儿好比幼苗,必须培养得宜,方能发芽滋长。"给予孩子的鼓励如同往饥渴的小苗上泼洒滋润的清霖。

　　一句鼓励,能让林清玄从平凡的乡村孩子成长为享誉世界的作家;一句鼓励,能让 7 岁的孩子消除对蚂蟥的巨大恐惧;一句鼓励,能让多动症患儿变成清华学子。

　　往往,我们就为了那一句鼓励的话,信心十足地扯起人生的风帆,扬帆远航。

倒让来眺望十年后的自己

那天看到周迅说她 18 到 28 岁的人生经历,我很是感慨……

周迅 18 岁的时候,在浙江艺术学院上学,那时候,她还是个不知道自己到底想要什么的女孩子。

她每天与同学们唱唱歌,跳跳舞,疯疯玩玩,生活混混沌沌。

她记得清清楚楚,1995 年 5 月的一天,艺术学校里的一位老师忽然把她叫到办公室,问她:"现在的生活,你满意吗?"她摇了摇头。

老师笑了,说:"不满意的话,说明你还有救。你是一棵好苗子,但是你对人生缺少规划,散漫而混乱。你现在来想想,十年以后的你会是什么样子?"

十年之后? 这么遥远的事情,她还真从来没想过。

老师说:"没想过是吧,那现在就好好想一想,想好后告诉老师。"

她沉默了好久,慢慢地说:"我希望十年之后,自己会成为一名成功的演员,同时可以发行一张自己的音乐专辑。"

　　老师说:"好,既然你确定了,我们就把这个目标倒着算回来。十年以后,你28岁,那时你是一个红透半边天的大明星,同时出了一张专辑,那么,你27岁时,除了接拍各种名导演的戏以外,一定还要有一个完整的音乐作品,可以拿给很多唱片公司看;25岁的时候,在演艺事业上你要不断进行学习和思考,在音乐方面要有很棒的作品开始录音了;23岁时,就必须接受各种训练,包括音乐和演技方面的;20岁时,就要学作曲、作词,在演戏方面要接拍大一些的角色了……"

　　从此,她把老师的话记在了心里,她觉得自己整个人都觉醒了。

　　一年以后,19岁的她从艺校毕业,就勇敢地闯荡北京,成了一名"北漂"。

　　她始终记得,十年后她要做一名成功的演员,所以对角色就开始很认真地选择,后来她拍了《大明宫词》,拍了《橘子红了》等等影视剧,慢慢被观众所熟知。

　　然后再签约李少红导演的影视公司,她慢慢尝到了成功的快乐。

　　2005年5月,正好是老师与她谈话的十年之后,她果然成了国内的一线红星,知名度正渐渐向国际拓展,她也果真有了属于自己的第一张专辑《夏天》。

十年时间,不算长,也不算短。

想想自己,1995 年,我还在读书,应付着没完没了的考试与测验。

十年后的 2005 年,我已在上海,在公司工作、加班,为了在这个寸土寸金的都市买一套属于自己的房子,给自己一点归属感而辛苦着、努力着。

这十年,觉得自己大部分时间都处在一个尚未觉醒而混沌的状态。

再后来,2005 年到 2015 年。

这十年,我在上海这个城市扎下了根,有了自己的家,有了两个孩子,为了工作、为了家庭、为了孩子日复一日地忙碌。

我感觉自己慢慢觉醒,梦想渐渐萌芽。

2010 年初,我开始利用业余的点滴时间,努力读书、写作,发表了两百余万字作品,成了《读者》《青年文摘》《意林》等期刊签约作家,写了一些专栏,进入了中国作家协会,出版了数本属于自己的著作,入围了鲁迅文学奖。与此同时,我以顽强的毅力与极大的勇气,成功克服了严重的口吃疾患,训练口语,训练演说,直至成功登上清华、北大、复旦、交大等等大学的演讲台,成为《演讲与口才》杂志"全国巡回演讲团"成员,用我的演讲引领更多的人去认识自己、寻找梦想、拥抱明天。

这十年,说遗憾,有;说后悔,也谈不上。

在上海这个我没有任何根基的城市,为了基本的生存,花去十年,谈不上后悔。

那么,2015 年到 2025 年这十年呢? 十年之后的自己,该是什么样子?

是时候该想一想了。

十年时间,一个呱呱坠地的婴儿能够长成一个天真浪漫的少女;

十年时间,一份卿卿我我的爱情能够沉淀成血浓于水的亲情;

十年时间,满头的青丝能够变成斑斑的两鬓。

……

一年、十年,是一种岁月的积淀。

十年所收获的,需要一年又一年的累积,才能有质的飞跃。

一年的努力,可能看不出什么,但十年的努力,就可能是水到渠成。

一年的梦想很梦幻。

十年的梦想,可能就成了活色生香的现实。

所以,从现在起,倒过来眺望十年后的自己。

附 录

我所认识的纳兰泽芸

一个偶然的机缘，我认识了纳兰泽芸。

纳兰泽芸是我的安徽老乡，也是我的文友。虽然我们认识的时间不算太长，但她给我的印象非常深刻，她是个非常美丽、非常善良，也是非常勤奋的一个人。如今她在上海发展得很好，买了房子买了车，生了两个娃，成了中国作家协会会员，已经出版了好几本著作。她还入围了鲁迅文学奖，那一年人才济济的大上海入围鲁迅文学奖散文奖的只有两位，一位是纳兰泽芸，另一位是上海某著名大报的专业编辑、作家。可见她在写作上成绩非常大。

纳兰泽芸是个很勤奋的人，作为上海白领，白天上班，晚上回到家还得照顾孩子，两个孩子睡着了，才有几个小时的时间写作。她上下班在地铁上看书，她的手提包里无论什么时候总是装着一本书，等车的时候、乘车的时候、商务会谈等人、出差的间隙等等短暂时间，她都会看书。有时候来灵感了，她就会用手机记下灵感。她很好地利用零碎时间,所以才能在不长的时间里取得那样大的成就。纳兰泽芸给我们树立了很好的榜样。

每逢比较重要的节日,纳兰泽芸都会通过电子信箱给我写信表示祝福和感谢。其实,我倒是很想给予她一些帮助,但是,因为自己能力实在有限,愧对她的感谢。最令人感动的是,这种祝福信件都是很针对的,是唯一的,就是专门给我写的,这种细心和真诚让我非常感动。

真诚、宽容与善良是纳兰泽芸的为人处世原则,自从认识她之后,我受她的影响很深。我以前是个爱讲理并且爱钻牛角尖的人,爱讲理并喜欢钻牛角尖,这就让我成为一个得理不饶人的人,只要谁惹了我,我非得紧追猛打把对方整得狼狈逃窜并道歉、告饶不可,其实这样做,时间久了,我的形象也会很受影响,大家会认为我是一个很刻薄的人,会逐渐疏远我,生怕一不小心惹了我。

俗话说,接触什么样的人自己就会成为什么样的人,也就是我们常说的"近朱者赤"。认识纳兰泽芸后,她的为人处世和人格魅力对我产生了很大的影响,如今我为人处世的时候也学会了宽容,对待一些小"冒犯"我一笑了之,虽然表面上我好像吃了一点小亏,但是在人际交往中的"宽容"为我赢得很多好朋友,这种"小亏"很值得吃。

纳兰泽芸有许许多多非常棒的文章。其中两篇我尤其喜欢,分别是《像蚌那样成就美丽》以及《竹密无妨水过》。

在《像蚌那样成就美丽》一文中，纳兰泽芸推心置腹地说道："生活中，别人有意或无意的伤害，是一颗颗粗粝的沙砾，会硌疼我们。而我们，要做一个蚌，用宽容、善良、柔软之心去包容这些沙砾。虽然，会有痛楚，会有难过，但忍耐之后，你会发现，生活会将这些嵌入心灵的沙砾，打造成了一种叫作'珍珠'的美丽……"这是纳兰泽芸的处世原则。

如今的文字圈堪比娱乐圈，是盛产是非的地方，很多文友都被众多的是非困扰。但是，在这个圈里，我从来没有听到有人对纳兰泽芸有一丁点非议，更多的是赞许与敬佩。这就是她做人做事作文的成功，成功得让一些心术不正的人对她都心生敬畏！

在《竹密无妨水过》一文中，她很感触地说道："工作和养育孩子之余，我不疾不徐，写出来，刊发了，然后小小地记上一笔，存档。四年多里，陆续与《读者》《意林》《青年文摘》等杂志签约，写了一些专栏，进入作家协会，入围了鲁迅文学奖……就这样陆陆续续地写，陆陆续续地发表，几年下来，居然也写出了逾千篇文章，居然也累计发表了逾两百多万字的作品。集腋成裘吧，当时并不觉得有多少，但一步步脚踏实地地走，回过头来一盘点，也还不算少。我喜欢这样的状态。"

她在文中还说："2013年逆袭村上春树而获得诺贝尔文学奖的爱丽丝·门罗，她的写作并不是短时间疯狂地写，而是细水长流地，每天写一点，就像散步一样，时间长了，一样可以成为巨著。所以她就那样不疾不徐地，不紧不慢地，在三个孩子的小呼噜声里写上几笔，在烧菜的时候写上几笔，在烤面包时写上几笔。写着写着，到她82岁时，2013年诺贝尔文学奖的桂冠，这一文学的最高奖赏，就飞临她的头上。她是一只雁，扇动着双翅，在文学的天空里不疾不徐地飞翔。在不紧不慢的飞翔过程中，她照顾她的三个孩子长大成人，她照顾她的家安宁温馨。她的生命中什么也没落下，到最后还获得一顶诺贝尔的桂冠……"

是啊，不紧不慢地坚持着，结果什么都没有落下！爱丽丝·门罗如此，其实，年轻的纳兰泽芸也是如此啊：职场上发展得很好，婚姻很幸福，夫妻同心，黄土变金，小夫妻两个手拉手心连心地在寸土寸金的大上海事业成功，房车俱全，然后纳兰泽芸又生了两个可爱的孩子，写了那么多经典佳作……纳兰泽芸不慌不忙，她在事业、家庭、生活和写作上都取得令人羡慕的好成绩，简直成了各科都满分的女子。

如果要我用关键词来评述纳兰泽芸，那就是：善良、真诚、宽容、勤奋、低调、恒心、坚持！

如果我们的工作和生活中也有纳兰泽芸这些关键词，我相信大家一定会人际关系更和谐、事业更丰收、家庭更幸福！

本文作者：宁国涛

从淅水声中寻觅春天

　　她出生在一个偏远的小山村,那里绿树苍翠,一湾碧澈的溪水,潺潺地绕村而过。虽说是景色秀美,可在她幼年的记忆中,贫困如盘踞的幽灵,长年乌云般垂压在村庄的上空。

　　两间摇摇欲倒的茅屋,是她儿时的家,母亲整日在田间劳作,父亲是清苦的乡村教师。家贫的孩子晓事早,那年她5岁,便学着打猪草、拾猪粪,尽力帮衬家里干活。

　　正是从这一年起,不幸的病魔缠上了她。她患上脱发症,黑黑的头发一绺一绺地往下掉,似飞絮,如落叶,不时飘了一地。只一年时间,满头秀气的长发,竟然掉得一根不剩。

　　她不愿出门,可又不得不出门。她要打猪草、要放牛。庄稼需要肥料,家里没有足够的钱买化肥,她每天要满村子跑,去拾猪粪补充肥料缺口。

　　当她左手挎着个竹筐,右手握着铁耙子,满村跑着拾猪粪时,身后多出一群围观的孩子,嘴里吆喝着"光光头,亮光光"。

起哄、讥笑……像一根根冷硬的刺,扎入她年幼的心里。她疯了似的跑回家,扑到母亲怀里放声痛哭。

"兰儿,你命苦呀!妈会想法子,定要把这病治好。"此后的多年间,她跟随父母踏上漫长的求医路,试过各种偏方,吃剩下的药丸壳能装两蛇皮袋。头发总算长出来了,只是由于长年用药,原本羸弱的她,显得越发苍白单薄。

更糟糕的是,她的性格变得极内向,羞于见人,时间一长,与人交流出现障碍,连说话也期期艾艾的了。

真是旧伤刚愈,又添新愁,口吃,给她未来的人生带来更多的屈辱和苦楚。

在师范学校就读期间,成绩突出的她,从不敢参加学校的各种活动,怕人前出丑,怕惹出笑话。

在无数个寂静的夜里,她感到有一只丑陋的蚕,一点点地噬咬心叶,那是一种难以言说的痛。

情急之下,她也曾乱投医,轻信报纸上的小广告,背着家人去卖血,用换得的钱买回"口吃矫正器",结果不过是骗人的东西。口吃这个恶魔,藤蔓一样缠上她娇弱的身体,让她苦不堪言。

毕业后,怀着对大都市的向往,她背起行李,孤身一人来到上海。以前她在电视上看到过大上海十里洋场的繁华,但当她真正站在人潮川流的街头,仰望四周直入云天的大楼,头一阵阵地晕眩。

她开始艰难地寻找工作,简历投出一份又一份,都如一粒小石子沉入水中,悄没声儿的。后来遇到一家公司招文创人员,她原本有些文字功底,总算被顺利录取了。

她在郊区租了间房,每天五点起床去上班,路上要换乘三趟公交车。平时工作大都在电脑前完成,正合她意,多数时间她静默地专注做事。她很珍惜这难得的机会,做出的文案深得老板赏识。

在奔忙之余,她不忘读书写作。写作为她的生命打开了另一扇窗,心中蛰伏已久的梦想如倔强的种子,从卑微生活的泥土中拱出,正悄悄地发芽抽叶。

她笔下那些千瓣莲般清芳的文字,不断绽放在海内外各种报纸杂志上,渐渐地,她的名字被各媒体编辑与众多读者熟知。

而口吃,依然是卡在喉间的一根刺,让她把自己蜷在心茧内。她从不参加任何聚会,也不愿跟编辑、文友会面。

后来发生的事,又一次把她卷入悲苦的汪洋。

那次公司在打一个劳动仲裁官司,开庭前,律师突然发现一个重要文件忘记带了。偏巧同事们外出参加活动,她接到电话,律师让她把一页纸的文件快速读一遍给他。

"快点快点,要开庭了!"律师在电话那头催促。她心里很急,咽喉却像被一只无形的手扼住,额头沁汗,眼含泪珠,愣是一个字也读不出来。

结果官司打输了,她被老板叫到办公室狠训了一顿。她昏昏沉沉地走出来，边走边恨恨地咬着自己的舌头，用力咬，狠命地咬，她想干脆咬断算了，就是这不听话的舌头，让自己蒙受这等奇耻大辱！

她的心情变得烦乱，一夜一夜睡不着觉，白天神色萎靡地坐到办公桌前，总感觉他人的目光怪怪的，带着嘲笑和冷讽……她想躲，想藏，却无处隐身。

到医院检查，医生说她是患上抑郁症，除服药治疗外，劝她休养一段日子。

抑——郁——症?！她在报纸上见过这方面的报道，多少名人明星因此自杀，自己竟患上这可怕的精神疾病！她心里腾起无望与孤独，逃也似的回到小山村。

她漫步在村头的小溪边，心里涌起千般苦涩。她那时正在服用抗抑郁的药物，精神类药物的副作用，会有致幻感。她微闭双眼，想象着只需轻轻纵身一跃，便会化作水花一朵，漂向远方，摆脱一切世间烦恼。

彼时，她听到清脆的流水声，如大珠小珠迸溅，时而悠扬，时而轻灵，好一曲幽然清悦的天籁。

她循声望去，是湍流的溪水，撞击青黑色的石头发出的声响。

她问自己，溪流遇到石头才能发出悦耳的流水声，而自己遇上挫折就要放弃生命吗？这些生命中的磨难，不正是阻挡我生命河流的巨石吗？

这潺潺的流水声,使她的心,终于可以安静下来,聆听到自然的清音。

是的,她才20来岁,人生才刚刚开始啊!

静养了一段时间后,她返回上海。说到底,疾病源于自身的心障,她要拆掉心灵的樊篱。她决定朗读!她想,最笨的办法也许就是最有用的办法。这么多年,她不愿多说话,不敢多说话,这嘴巴就像一把因久不用而锈迹斑斑的剪刀,要想让它重新变得锋芒四射,就要不断奋力地去磨砺它。

于是,她自创了"最快速朗读法"这个笨办法,她规定自己每天用最快的语速诵读一百页书。做饭时、上下班路上、午休时、等客户时……她手里握本书,随时打开阅读。

这是个很笨的办法,但坚持下来效果明显。从起初的间断停歇,到后来的快速流畅,一年后,她已基本摆脱口吃这个恶魔,能够流利轻松、淡然自如地与人交流。慢慢地,抑郁症也基本痊愈。

但是她问自己,若是到了大庭广众之下,还能这么淡然自如吗?她心里没底。如何才能做到突破呢?她决定做个大胆的尝试。她准备到上海地铁一号线上进行地铁演说,以彻底突破语言难关。

她化了个淡妆,穿上优雅的套装,来到人潮密集的地铁站。经过艰难的内心争斗,她终于跨进车厢,她深吸一口气,微笑着对着满车厢旅客们开始了演说:"亲爱的朋友们,在这一班地铁上一路同行的朋友们，你们好！一个人乘地铁，旅途是有些寂寞和无聊的，在这里，请允许我为朋友们进行一段简短的演说……"

人群中投来各种目光，疑惑、赞赏、诧异、漠然……自然也会有误解，甚至有难听的话弹来。一切都在预想之中，她坦然地以微笑面对，坚持完成了连续二十天的地铁演说。这二十天，艰苦卓绝；这二十天，她永生难忘。

最后一天演说结束，当她跨出地铁车厢时，她有种脱胎换骨的轻松。她想痛痛快快地大哭一场！多少惆怅，多少迷茫，多少悲伤，从这一刹那起，都付风尘飞扬。

此后，写作和演说，如长出的一对翅膀，带着她去追逐梦想。而今，她已是出版多本专著的青年作家，是面对着上千听众也能从容自若的演说家。

她有一个悦耳的名字——纳兰泽芸。

她是我的好友。我们的文章经常同时出现在报纸杂志的不同版面。

她的人生奋进之路，让我感慨良多。

从 2015 年开始，她站上了国内多所知名大学的演讲台。她穿着水粉色的套装，一头乌黑如瀑的秀发，颈间系条飘逸的丝巾。她看起来是那么知性、优雅、精致、自信。

如今的纳兰泽芸，是一位明媚如花、自信绽放的女子。

她写道："无论生活欣悦也好，伤怀也罢，让我们就做那泓静静的溪水,清清浅浅地,流过生命细密的竹林。"

　　纳兰泽芸,这位香自苦寒来的女子,她从流水声中,聆听到生命的清唱,熬过苦寒的严冬,迎来人生花开的欢喜。

　　本文作者:顾晓蕊(河南作家,《读者》签约作家,鲁迅文学院学员)

她是一枝亭亭净植的莲

今晚,我又翻看了纳兰泽芸老师微信朋友圈的文章。

纳兰老师比我年轻,却是个不折不扣的大作家,已经在大大小小的报纸杂志上发表了上千篇文章,几百万字,入围第六届鲁迅文学奖,是《读者》《青年文摘》等多家著名杂志的签约作家。

对于这样一位年轻美丽的女子,竟然还那么有才华,你说怎么不让人"羡慕嫉妒恨"呢?

她近来勇敢参与北京卫视《我是演说家》节目的激烈竞争,已在投票晋级阶段勇夺第一名,所以在我们演讲圈里人气煞是高。

以前我并不太熟悉也不太了解纳兰泽芸老师,只是经常听演讲界的朋友提起她的名字。第一次听到"纳兰泽芸"这个名字的时候,就感觉像一阵春风拂过一样,很美的感觉。

走近和更多了解纳兰泽芸老师,是因为这次的俄罗斯演讲文化交流之行,让我感慨很多。

与她同行十二天,每天清晨,她都会早早起来抱上一本书,那时候我们还正在梦中遨游,她却在窗前迎着初升的朝阳沉浸在她的书本世界里了。

今晚我特意去仔细翻看她的朋友圈,我想看看这位年轻的作家,究竟才高有几斗?

我慢慢、逐一翻看了她刊登在无数名刊上的作品,每一个故事、每一个词汇、每一个感悟,无不是天长日久积累的结果。虽然微信朋友圈里面的作品只是她所有作品的冰山一角,但已经足够让我震惊了。

里面各种扣人心弦的精彩小说自不必讲,那些行云流水的散文随笔也让我惊讶不已。我非常好奇她哪里来的那么多曲折蜿蜒的故事,非常好奇她那么年轻为什么就拥有了这么洗练的文笔。

然后我看到了一篇文章——《感谢我有一双鸭脚》。故事讲述了美国偏僻的小岛上有位名叫乔治的年轻人,他出生在沼泽丛生的皮肯岛,因为岛上沼泽泥泞危险,所以人们都用奇怪的鸭步走路,像长了一双鸭子的脚,因为贫穷和奇怪的脚形,岛上居民出门就被人嘲笑。

乔治就是这个岛上的居民,他非常自卑。后来在岛上发现了石油,其他地方的人根本无法在这里行走,更别说当工人了。而当地人的"鸭脚"就成了特长。乔治凭着吃苦耐劳的精神,迈着这双"鸭脚"走进了耶鲁大学的知识殿堂!乔治回首往昔,他无比地感谢这双"鸭脚",感谢自己的故乡赋予他与众不同的品质!

故事讲到这里,纳兰老师说自己也是无比地感谢曾经在田埂上放牛、在田间地头打猪草、手拿粪筐粪耙满村拾猪粪、在闷热无比的棉花地里施肥、被可怕蚂蟥无情叮咬吸血的时光⋯⋯是那些生活、那些时光,给了自己坚韧不拔、吃苦耐劳的品质。

此次初见纳兰泽芸老师,我感叹于她的清秀端庄,她每天妆容干净、各种旗袍不重样的风姿绰约,打着把小伞,符合我心目中大上海来的典型"洋小姐"形象。所以今天当我看到这篇《感谢我有一双鸭脚》时,给了我一个大大的惊讶,万万没想到娇小玲珑、灵气可人的纳兰泽芸老师竟然是个面朝黄土背朝天的农家女!

纳兰泽芸老师凭借自身的努力,从安徽南部一个偏僻的小村庄走出来,定居在繁华的大上海,她用自己的日日精进,褪去了曾经可能有的"农家女"气息,却在骨子里保留了中国农民的坚韧不拔、吃苦耐劳的优良品质。

没有人能随随便便成功。发表的数百万字作品、入围的鲁迅文学奖、与她签约的那么多名刊、在演讲台上的风姿飒然⋯⋯这些,是每天的朝阳见证的,是每次乘坐的交通工具见证的,是笔耕不辍的青春见证的,是洒下的每一滴汗水和泪水共同见证的!

2016年5月3日,演讲艺术界泰斗李燕杰大师在北京欣然收下纳兰泽芸这位最年轻的弟子。那天,在数百位演讲界人士的共同见证下,纳兰泽芸老师郑重地向李燕杰大师行了拜师礼。

德高望重的李燕杰大师向来以收弟子严格而闻名,半个多世纪只收了几十位弟子。

可能当初不仅是我,还有许多其他演讲界人士都曾经纳闷过:为什么李燕杰大师对于许多年长的演讲界人士的拜师请求都说了"否",却蔼蔼然欣欣然收下纳兰泽芸成为他最小的一位弟子?

我曾经也有些不懂,现在我懂了——有德的贤者总会对奋进卓越的后辈有一种"惜才"的感情,会青眼相看,而且愿意伸出援助之手。

纳兰泽芸老师在童年岁月里不幸患上脱发疾病,在别人长期无情的嘲笑声里慢慢封闭了自己的心灵,久而久之口语表达能力受到影响,形成严重的口吃疾病,为此,纳兰泽芸老师在人生路上遭受了数不清的心灵痛苦与折磨。

但她却不肯向命运低头和服输,她凭借常人根本无法坚持的顽强毅力,从八年如一日的晨起速读训练,再到地铁公众演讲,再到抓住各种机会刻苦训练,终于恢复了伶俐的口才。

看着她点点滴滴的成就,我竟然有些懊恼自己不曾去地头放过牛、不曾去打过猪草,就连我们河南人最常见的割麦子,现在也可以数出自己割了几把。虽然我也曾在农村生活过,不过年幼的我是妈妈最疼的宝贝,最多也就跟在妈妈屁股后面做个小跟班。

在我们演讲界，纳兰泽芸老师人缘非常好，这次为《我是演说家》晋级投票，演讲界群策群力，虽然投票程序要下载安装软件，非常烦琐，但每个人都尽心尽力为纳兰老师投票。我相信纳兰老师在她的作家界人缘也一定很好。

一个人，如果被一两个人背后称道，不足为奇；但如果背后大家都对之赞赏有加，就不容易了。而纳兰泽芸老师就是后者。

读过纳兰泽芸老师的一篇文章《蓝墨水上游的千瓣莲》，好美。我感觉她也像一枝亭亭净植的莲，冲破生活磨难的淤泥，"出淤泥而不染，濯清涟而不妖"。

生活的磨难永远是个财富，就看我们如何去对待。

让我们真心学习纳兰泽芸老师，珍惜自己的"鸭脚"，珍惜自己的人生！

本文作者：崔苑（河南"快乐演讲"机构负责人）

阅读纳兰泽芸，就是一次精神的"越狱"

记得一位阅读者告诉过我，一个人无论走多远，他的肉身，都是囚禁在自己的"狱"内，而阅读，就是一种精神上的"越狱"。

捧读纳兰泽芸老师的著作《在生命转角处幸福》，我就感觉是一次精神上的"越狱"。

阅读改变人生，阅读助我成长，深读《在生命转角处幸福》，成就了我精神上的升华，让我变得谦卑，使我懂得在漫漫生命长河中，一个人实在是太渺小。深感读的书越多，自己知道的事情与不知道的事情相比，不知道的事情多得多。好比一位老司机，开了几十年车，不是越开越狂野，而是越开越胆小。

我已年过花甲，却爱上了读书，这是受纳兰泽芸的老师《人生蓬勃天命始》一文的启蒙。我的博客上也有了《百岁梦想花甲始》，是纳兰泽芸老师让我这个在个体意义上渺小的人，找到了真正的存在感。

翻开青年作家纳兰泽芸的作品《在生命转角处幸福》，才读她的自序,就被贯穿其中的思想和生活态度所震撼。"竹密无妨水过,山高不碍云飞",引起了我的共鸣。读完全书,面对作家多年的思想结晶、人生感悟、社会责任,我感觉这次阅读实实在在是一次精神上的"越狱"。

高尔基说:"读一本好书,就是与一个高尚的人对话。"读纳兰泽芸老师的书也带给我这样的感觉和启示。纳兰泽芸老师说得好:"无论生活欣悦也好,伤怀也罢,让我们就做那泓静静的溪水,清清浅浅地,流过生命细密的竹林。"

捧读纳兰老师的著作慢慢咀嚼,享受纸张的墨香、文章的惬意,洞察作家的内心世界,我仿佛见到了她鲜活、温润的内心。因为她心中有大爱,在文字的飞扬和舞动里,尽情挥洒真情真爱,传播真、善、美。

她是《读者》《青年文摘》《意林》《格言》和龙源期刊网等著名媒体的签约作家,全国中高考热点作家,第六届鲁迅文学奖入围作家。

据我了解,纳兰泽芸老师重新拾起笔写作也只不过短短几年时间,而且还是在繁重的工作与家务之余写作的。她是两个孩子的妈妈,先生大半时间出差在外。难以想象,她的这些成绩的背后,凝聚着她多少汗水!

如今,纳兰泽芸老师那些"若一潭清芬的千瓣莲,温情与理性相融,哲学与绰约并重"的文字,如花一样绽放在海内外各种媒体上,发表文章总数已近三百万字。

认识纳兰泽芸老师也是偶然。今年年初,我无意中进入了她的博客,我被震惊了!后来就成了她的忠实读者。

她早在校园时期就是有名的才女。她从皖南那个背临长江的小村庄孤身一人来到这万丈红尘的上海滩,从一个乡村小丫头到一位端坐办公室的都市白领,再到结婚、生子。她为工作、事业、家庭付出了太多的辛苦,在这份艰辛中她依然执着。

这是我,还有其他喜欢她的广大读者们最钦佩并敬仰她的地方。

我喜欢她的文字,更敬佩她坚韧、刻苦的精神,以及她善良、真诚的为人。

她说:"我在心里给自己的文章定了一个小小的标准:不要写无用之文,不要写令读者堕落之文,每一篇文章,都要给人们或者社会带来一些或多或少的裨益之处。"纳兰老师是这么说的,也是这么做的。

《在生命转角处幸福》是纳兰泽芸的又一部力作,由著名作家叶辛、乔叶倾情推荐。

著名作家叶辛说:"海阔鱼跃,天高鸟飞,纳兰泽芸聪慧勤勉、脚踏实地,定会走出一片新天地。"

著名作家乔叶说:"因为被文学祝福,我的心里一直有光。我觉得,纳兰也是如此。"

《意林》杂志资深编辑许之贤也对纳兰泽芸感佩,他说:"纳兰泽芸对文字有着非同寻常的领悟力,她能在业余时间里坚持创作数百万文字,这种精神非常可贵。同时,她的文字能给广大读者带来精神力量。才情＋勤勉,一定会越来越好。"

读她的文章有口角噙香的感觉,能感悟到虽居浮躁世界而不失人的本真和纯美的道理。

读她的文章能真正体会到文字真正的美,无论是历史典故,还是诗词歌赋,她都是信手拈来。

纳兰老师的文笔顺畅流利,行云流水,使人读了之后有一种欲罢不能的感觉,收获的不止在于文笔,而在于她的文以载道。

她的每一篇文章都蕴含着一定的哲理,阐明一定的接人待物、为人处事的道理。纳兰泽芸老师如果没有一定的阅读积累、博闻强记,没有长期的文字积累、练笔功底,没有对生活超强的感悟能力、观察能力,没有丰富的阅历,是绝对写不出这样的文字来的。

读了她的作品,我常掩卷凝思,我愈思愈觉有味。记得她那一篇篇文字,是那么生动、活泼而又不失本真,不流于世俗。

如,明郁十三岁因一场校车事故截去双腿,听母亲讲述菰草由粮食变蔬菜华丽转身的《茭白人生》的故事,最终明郁成为一位著名钢琴演奏家;

17岁左手食指被炸飞,右眼几乎失去视力的澜涛,因坚信自己手指上有梦想的星星在闪烁,完成了从三轮车夫到一名作家的蜕变;

史铁生20岁开始囿于轮椅上,与各种疾痛周旋了三十多年,用残疾的身体,说出了最为健全而丰满的思想,被评为"当代中国最令人敬佩的作家",鼓励了无数读者……

她的文章写得深入,就像雨水穿透泥土,滋润人心的根。

她写《平凡的世界,真实的人生》,把路遥书写《平凡的世界》的艰辛历程完全刻画出来了。

她评汪曾祺的《寄意故乡》的文字厚纯至极、独抒性灵,她这样说:"无论是大开大合、大起大落,在他的笔底,都如山野闲花、寒潭秋水,就那么淡淡地、小小地氤氲着理性、睿智和从容的烟霞。"

她读丰子恺、沈从文,把读文的感受淋漓尽致地挥洒出来,让读过以上作家文字的人们产生了感情上的共鸣。

她阅读丰富,文字沉淀深厚,读书感悟写得深刻而有深度。

寥寥几笔,她就把鲁迅、爱因斯坦、莫言、张爱玲等众多大家形象刻画得栩栩如生,爱情、亲情、友情在她的笔下也款款而叙。每一个文字,刻下的都是她的爱。

古诗中有"问渠那得清如许? 为有源头活水来",我们的思想需要源头活水。《在生命转角处幸福》能滋补我们的精神、陶冶我们的情操、开阔我们的视野,使我们思维不僵硬、心灵不贫乏。把我们由烦琐杂乱的现实生活中提升到一个较为超然的境界,让我们珍惜健康和享受生命,不去较真那些日常生活中的烦忧、悲伤,以及一切熙熙攘攘的名利纷争。

开篇《隔岸看花,风淡云轻》中的年轻教师于娟,31 岁被确诊为乳腺癌,纳兰老师引用主人公在生命最后一刻痛定思痛的反思:"健康真的是无与伦比地重要,在生命临界点的时候,会发现,任何的加班,给自己太多的压力,买大房买好车的需求,这些都是浮云。我不想去控制大局小局,不想去多管闲事淡事,我不再有对手,不再有敌人。隔岸看花,云淡风轻。"纳兰老师以于娟的故事给尚活着的人们敲响了警钟。

纳兰老师在《心若亡,书则远》一文中说:"人生有三样东西别人拿不走,一是吃进肚里的食物,二是藏在心里的梦想,三是读进大脑的书。"纳兰老师说,读进大脑的书其实指的就是知识或智慧。读书有多重要? 读书的确关系到一个人的思想境界和修养,关系到一个民族的素质。

我很欣赏台湾作家罗兰说的:"书能使人风度高雅气宇轩昂,远胜过服饰上的奢华和家宅中的堆金积玉,它使你恬静宁适,心安理得地快乐,更绝非终身孜孜为利、唯恐失去存款的人们可比拟。"这正是所谓"腹有诗书气自华"吧。

纳兰泽芸老师对思想、精神、时间、阅读、为政等方面都有着自己的深入思考。她的这些思考,放射着哲理的光芒,值得珍视,值得珍藏。

本文作者:踪华

如用文字来点燃我们的世界

最近几天我一直没有在电脑上写东西。今早我原本打算写些东西的,可打开电脑无意中却上了新浪博客,看到了纳兰老师给我的留言。

上次在她的博客里看了她的很多很多文章,我实在被她的才华震惊到了,心里非常仰慕,抱着试试看的心情给她写了一个博客纸条,想要一本她亲笔签名的书。我本来想肯定会没有回音的,没有想到过了几天就收到纳兰老师的回复。

看到那条留言,我真的好激动,激动之余又有一份满满的感动。真是难为纳兰老师这样细心,还这样平易近人,我真的是激动万分!

纳兰老师身处上海那样的万丈红尘当中,处在灯红酒绿、纸醉金迷、人心浮躁的环境当中,还能静下心来写作,为我们呈现那么多富有营养的精神食粮,需要多大的毅力和恒心啊!

文学写作本就是一件清苦寂寞的事情,何况纳兰老师是在繁忙的工作和家务之余选择写作。选择了写作，就意味着舍弃了许多世俗的乐趣。当别人三五成群欢聚一堂对酒当歌的时候，当别人泡吧 K 歌一展歌喉的时候，当别人拥着异性翩翩起舞的时候，当别人聚在一起打牌小赌的时候，写作的人却拿着纸笔或对着电脑在那里呕心沥血。那份孤独和寂寞，真是如鱼饮水冷暖自知。

要知道在当下传媒发达、网络横行的时代，写网文的如黄河之沙数不胜数，要想写出点名堂、写得脱颖而出是多么不易。但世界就是如此多元，世界上就是有像纳兰老师这样坚定地选择了写作这条孤独路的人。

经过长期的阅读积累和不懈写作，纳兰老师笔下的文字是那么清新隽永，每一篇文章都让人回味。她的文章已在众多纸媒上发表，现已陆续结集出版了好几本著作。虽然我只读过她的一本《爱在纸上，静水流深》，但是那些文字给了我心灵很大的触动。

还记得当时我在图书馆寻找喜爱的书，无意中看到纳兰老师的这本书，抽出来一翻前几页竟然就喜欢上了。借回来那本书，我是一口气读完的，我对纳兰老师产生了深深的敬佩。随即就写了一篇《身居红尘，依旧妙生花——写给纳兰老师》，文字虽然稚嫩，但句句都是我的真情实感。

能写出《爱在纸上，静水流深》那样文字的女子，定是个婉约优雅、温柔如玉、富有爱心的女子。当初我读了那本书后，在第一时间里就在网上找到了她的新浪博客,看了她的其他作品,确实文如其人。但是由于我的视力原因不能久处在电脑前,因而未能把她那些优美的文字尽数悉读。现在想来真是有点儿对不起自己,大大地辜负了那么好的文字。

时光飞逝,如转车轮。当我在时间的车轮里越来越感到疲惫、越来越感觉失去激情,甚至对生活失去趣味的时候,是纳兰老师的文字,让我再一次感觉到生活和生命的美好,感觉到文字的美好。

纳兰老师,请让我再一次说声:"谢谢您!"您用文字来点燃我们的世界,我一定会向您看齐,用文字来伴我行走人生的旅途,用文字来开启我的世界。我相信自己,我一定会在文学的道路上走得更远。

本文作者:若溪

亦师·亦亲·亦友
——我所感知的纳兰泽芸

人之相遇，是缘。其美好、其温馨，留给人的记忆是长久的。

与纳兰泽芸老师的结识，源于博客的访客。时间是：2015 年 8 月 20 日，夜。

初见"纳兰"，首先闪入我脑海的是"纳兰性德"——一个痴情的男子，一个文韬武略全能型的人物，大清一代最见心性的词人，而我在 1981 年就知道这个词人的名字，最爱他的《长相思》，以及"人生若只如初见""当时只道是寻常"的痴情语。博主既以"纳兰"为名，可见是重情重义之人。

这在不久以后读到她的一篇媒体专访里得到印证，她也是特别喜欢纳兰容若"山一程，水一程"的句子。我的揣测果然没错。

我当时只看了她文章里的几行文字，即大为赞叹：人生有此遇，足可欣慰矣！

我虽已近天命之年，仍是痴爱文字，在山西这个地方，忝得一个"诗人"名号。记得刘勰说:"操千曲而后晓声,观千剑而后识器。"俗语也说"行家一伸手,便知有没有。"

纳兰老师的文字隽永、澄净,很耐读。由衷的钦佩,油然而生。

随后我看了一些介绍她的有关文字,知道了她是一位知名青年作家,已写出几百万字,在各种刊物媒体上发表上千篇文章,入围第六届鲁迅文学奖,又是一位优秀的青年演讲家,演讲台上有她的飒爽风姿。

我当即忍不住贸然给纳兰老师发一纸条:"山西诗者天阙之花唐突问候纳兰老师,喜欢'纳兰'二字,当今世界,矫情文字与人性本真脱节者太多,许多才子包括学者亦不能免。天阙推赏纳兰老师,心性自见其中矣!"

但凡有些名望或名气之人,或多或少都有一些倨傲之气,我也见得多了,纸条发出之后,并不抱有回复希望。但万万没想到,就在当晚,我竟惊喜地收到纳兰泽芸老师的回复,虽简单,也令我很是感动:"感谢。也真诚祝好您!"

邂逅是个偶然,但这样的邂逅就像一个美妙的传奇。惊异,感动!

"泽芸"二字。在我的想象中,是充满光泽的香草:柔韧、顽强、生生不息,其色洁白,其质如玉。后来我在一篇专访纳兰老师的文章里看到她对这两个字的诠释:

"泽"，这个字很大气，有润泽之意。

"芸"，古书有记载："芸草，可令死复生。"当时的状况是停笔近十年，感觉梦想离自己越来越遥远，觉得有必要让丢失多年的梦想再次"复生"。因此就用了这个"芸"字。

对纳兰老师极深的印象，却是在读到她的一篇文章《听从内心的呼唤》之后。

这篇文章配发了她在上海电视台的演说《汗泪交流的青春》。这篇文章具有部分童年与青年的自传性质。

谛听录音，至为感佩；细读此文，也不禁落泪！往昔太多艰难，但纳兰终以超拔的意志走出来了！当演讲台上纳兰老师以青春靓丽的形象面对千万人演讲时，她的不凡内质也实实在在地展现在我们的眼前了！

思想是前进的灯塔，勇气是心中的上帝。人生须经蜕变，才能有新生。阅读某作家作品，不可不知其人生经历。"台上一分钟，台下十年功"，纳兰老师以八年如一日的每天百页速读和反复演讲练习，终于破茧化蝶全新而出，继而对生命的价值和青春的迸发作了最好的诠释。纳兰老师的演讲之路是一条喷薄青春热量与活力的闪光之路：她走向北大、清华、圣彼得堡大学等等演讲台，不仅实现了自己的夙愿，更激励了双骄的学子们。她的优秀和真诚使她最终如愿，成为演讲艺术界泰斗李燕杰大师年纪最小的关门弟子。

"天意怜芳草。"

"五月鲜花多，万里赴异国。靓丽展风采，演讲动心魄。"确实，她把演讲作为一种文化和精神的传播与弘扬。

谦虚、刻苦、深沉、执着、悲悯、慈柔……这一切，更多体现在纳兰老师对人生、家庭、工作、社会所负的责任当中，体现在她日常点点滴滴的为人处世当中。凡是与她交往的人，都会从中感受到。她的白天是繁忙的，夜晚才是她的时间。她是单位的一员，她是两个孩子的母亲，要再挤出时间写作，全凭心志坚持。繁华的夜上海，何处不喧嚷？但她宁愿一杯清茶、一纸文字，日复一日，年复一年。曾见书法家赠送纳兰老师一幅书法："素心若雪　气若幽兰"。真可谓：字如其人，人如其字。

她的文字真挚精美，温性有哲理而又充满现代气息，思辨隽永是鲜明特色。她说到一组正反照片，她说："把这些照片倒过来看看，会有意想不到的收获。何止是照片，想想人生也是如此。当生活、事业、感情遇到瓶颈、困厄时，把事情倒过来想想，或许就能看到光明……"读这样细致的文字，一个以文字为生命的通达的纳兰老师，不由得令人折服。

工作之余，兼顾家庭，沉浸写作，执着演讲，寂寞而艰辛，这在当今何其可贵而难得。"送人玫瑰，手留余香。"她既以此明媚自己，又欣然亮丽他人。

一袭旗袍，衬出雅致，文静眼镜，增添内涵，"优雅、独立、自信、精致、美丽、向上"，纳兰老师如是自励。纵使已硕果满园，她却勇于不断归零，使自己不断地全新。

她的文字,写小我,写到极为细腻,宁静的心性,真实的自己,不加任何的虚饰;写大我,则是小女子"柔肩也要担道义,妙手能著大文章",涉及社会生活各方面,鞭笞假恶丑,鞭辟入里。

她对公益的热心有目共睹。时常看到她为山区滞销的枣农揪心,为使寒冬的夜晚卖番茄的小贩早点回家而全数买下他的番茄,为贫病的朋友和陌生人呼吁、捐助,为落榜学子生命的飘逝叹惋,为家乡池州的抗洪祈祷祝福,为陕西的残障孩子义捐价值千元的图书……

这一切发自她内心的追本溯源:苦涩的童年、乡村的贫瘠、拮据的求学、波折的求职……其中经历多少艰辛、流离和苦楚?纳兰老师由己及人,接近底层的人们,愿意为他们做力所能及的任何事。

纳兰老师有着天生的悲悯情怀,这是一个作家与演讲家最珍贵、最难得的品质。她的文字和演讲可以作为良师,温暖并启迪人们的心灵。

对于亲友,纳兰老师是极为亲切、平和的。就我所感受、看到的,博客中每一个评论与留言,她都及时认真对待并回复。这也正是她鹤立于名人当中的高尚之处。

读纳兰老师的文字,与纳兰老师交流,见识的不仅仅是她渊博的知识,还有她的智慧、博大的爱与善良的性情。不仅是精神的"越狱"或"越域",更是精神的纯净与升华。

纳兰老师,美丽的贤妻、良母、孝女——"不当一米陌生人婆媳""女儿,听你的啼哭像天籁""花在枝头,绿在枝头,春在前头,你在心头,我愿寻一个安静的小镇,找一所花草爬满的房子,陪爱的人一起老去"……

　　这些文字是爱的缩影,老人、爱人、爱女,家中老少都得到她的敬重、关爱和润泽。

　　江南氤氲,纳兰有之。若附以小词,则是:"山水映心扉,文字入心底。一弯小桥是江南,几丝细柳作婉约。隐曲处,风轻柔,纳兰文笔有灵秀。白雪本天然,馨香自心里。"

　　气质是一种独特的东西,能够独自穿行于岁月。纳兰,香姿韵色,真善美之。

　　她青春靓丽光彩照人,她于亲于友平易谦和,如洁白的栀子花,馨香、大气。

　　亦师、亦亲、亦友,这就是我所感知的纳兰老师。

　　穿行茫茫人海里,与纳兰老师遇到,何其欣慰,何其幸运。

本文作者:天阙之花(山西诗人)